薫風―KUNPŪ―

鬼の風水 外伝

岡野麻里安

講談社X文庫

目次

物紹介

●筒井《つつい》卓也《たくや》

七曜会《しちようかい》に属する(鬼使い)の統領の息子。明朗活発な十九歳で、強靱《きょうじん》かつ柔軟な精神の持ち主。神道《しんとう》系の大学に通う一年生だが、見た目は高校生で通る。本人に自覚はないが、鬼を魅了するフェロモンを放っているため、幾度となく鬼に襲われ、喰《く》われかけている。かつては落ちこぼれだったが、篠宮薫とコンビを組み、一人前に成長した。現在は恋人・薫との間に隙間風《すきまかぜ》が吹き……!?

●篠宮《しのみや》　薫《かおる》

鬼と人間との間に生まれた十八歳の半陽《はんよう》鬼《き》。七曜会に所属する超一流の退魔師《たいまし》で、人を惹《ひ》きつける危険な美貌《びぼう》の持ち主。かつては、男女を問わず色恋沙汰《いろこいざた》が絶えなかったが、卓也と出会ってからは、彼だけを一途《いちず》に想《おも》っている。しかし、愛《いと》しい相手を喰いたいという鬼の最上級の愛情表現と、愛する者を守りたいという人間の理性との狭間《はざま》で苦しみ、最近は卓也を遠ざけている。

登場人物

●渡辺聖司《わたなべせいじ》

平安時代に鬼を退治した渡辺綱《わたなべのつな》の末裔《まつえい》で卓也の叔父。甥《おい》を溺愛《できあい》し、薫を疎《うと》んじる。

●多々羅《たたら》

鬼道界《きどうかい》から来た鬼の使者。貴族だが〈竜眼《りゅうがん》〉と呼ばれる遠見《とおみ》の力のため蔑《さげす》まれる。

●黒鉄《くろがね》

鬼道界の王。剛胆《ごうたん》で一本気な心を持つ。人間に友好的で、透子を心から愛する。

●玉花公女《ぎょっかこうじょ》

鬼道界の前王・羅刹王《らせつおう》の妹。黒鉄を亡《な》き者にし、自らが王位に就《つ》こうと目論《もくろ》む。

●篠宮透子《しのみやとうこ》

薫の妹。可憐《かれん》で清楚《せいそ》な絶世の美少女。鬼道界の王である黒鉄と恋愛中。

●藤丸《ふじまる》

卓也が使役《しえき》する式神《しきがみ》。五、六歳の愛らしい童子で、薫の幼い頃の姿を模《も》している。

●車骨《しゃこつ》

蝦蟇《がま》の姿をした多々羅のお守り役。多々羅を「若」と呼び、その身を案じている。

●三島春樹《みしまはるき》

七曜会関西支部長で、透子の後見人。百十歳の老婆だが、気力体力とも充実。

イラストレーション／穂波《ほなみ》ゆきね

薫風―KUNPŪ―

鬼《き》の風水《ふうすい》　外伝

序章

闇《やみ》のなかで、藤《ふじ》の花の匂《にお》いがしていた。
十九歳の少年、筒井卓也《つついたくや》は夢をみていた。

夢のなかで、筒井卓也は必死に走っている。
夜の六本木《ろっぽんぎ》の街だ。
なぜだか、周囲に人影はない。
行く手に六本木ヒルズの明かりが見えた。
アスファルトを踏む足は、裸足《はだし》。身につけているのは、青と白の縦縞《たてじま》のパジャマだ。
夢のなかの卓也はいつの間にか、五つくらいの幼児に戻っている。
(怖い……)
後ろから、何か大きくて黒く、怖《おそ》ろしいものが追ってくる。
逃げても逃げても、それは執拗《しつよう》についてきた。

追ってくるのは、鬼だ。

(怖い……)

捕まったら、きっと殺されてしまう。

すぐ後ろに迫る黒い影、背中にかかる生暖かい息。

いつ、後ろから鋭い鉤爪《かぎづめ》に引き裂かれてもおかしくない。

(どうしよう……。怖いよう……)

一生懸命走っているのに、鬼は執拗《しつよう》に追ってくる。

「助けてーっ！　誰かーっ！」

泣きながら叫ぶ幼い卓也のまわりで、ざわざわと妖気《ようき》が揺れた。

はらり……と薄紫の花が散りかかる。

夜のどこからか、甘い香りが漂ってきた。

気がつけば、周囲のビルの外壁は藤《ふじ》の枝に覆われ、歩道には幾千万もの藤の花房が垂れ下がっている。

甘い香りのむこうに、だいぶ近くなってきた六本木ヒルズがそびえたっている。

藍色《あいいろ》の夜空には、ぽっかりと満月が浮かんでいた。

藤の花の群れは深い夜のなかで、内側からぼーっと淡く輝いているようだ。

妖《あや》しくも幻想的な光景である。

しかし、逃げる幼子の目には、それはただ怖《おそ》ろしいばかりのものに見えた。
(怖い……)
執拗《しつよう》に追いかけてくる暗い影。鋭い牙《きば》と鉤爪《かぎづめ》を持つ怖ろしい魔物。
「助けてーっ！　お父さーん！　お母さーんっ！」
涙混じりの叫び声は、重なりあう藤《ふじ》の花房に吸いこまれる。
(誰も助けてくれない……)
そう思った瞬間、幼い子供は石につまずき、その場に倒れこんだ。
「あっ！」
背後で、鬼が笑う気配があった。
次の瞬間、風を切って鉤爪が振り下ろされてくる。
(ダメだ！　やられる！)
そう思った時だった。
誰かが小さな卓也と鬼のあいだに飛びこみ、流れるように腕を一閃《いっせん》させた。
ビシュッ！
鮮血が噴きあがり、鬼の首が落ちた。血まみれの身体《からだ》がどうと倒れる。
見あげると、紫の狩衣《かりぎぬ》をまとった妖美《ようび》な人影が立っていた。
一撃で鬼の首を落としたのは、彼だろう。

姿形は十七、八の少年のようだが、気配はひどく大人びている。

透きとおるような白い肌と少し癖のある漆黒《しっこく》の髪、闇《やみ》の一部をはめこんだような切れ長の目。

妖《あや》しいまでの美貌《びぼう》は、神とも魔とも見えた。

血みどろの鬼の生首はコロコロと転がって、卓也の目の前で止まった。

カッと見開いた目が、恨めしげに小さな卓也を睨《にら》みあげている。

(怖い……)

卓也は声もなく、涙をポロポロこぼしていた。

美貌の少年は、鬼の返り血に濡《ぬ》れた姿のまま、こちらを見下ろした。

それから、無造作に鬼の首をグシャリと踏みつぶす。

「ひっ……」

卓也は息を呑《の》み、身をすくめた。

淡く輝く藤《ふじ》の花を背にして立つ少年は、人の姿をしていながら人ではない。

小さな卓也には、なぜだか、それがはっきりとわかった。

あまりにも美しすぎて、人が触れてはいけない存在なのだ。

それでも、どうしてだかわからない。

卓也は、紫衣《しえ》の少年は寂しいのだと気がついた。

その深い眼差《まなざ》しの奥底に、癒《いや》しがたい孤独と寂寥《せきりょう》感が沈んでいる。
一度も笑ったことのないような顔は白く、体温を感じさせない。
見あげる幼子の瞳《ひとみ》と、見下ろす少年の人ならぬ瞳が宙で交わる。
どちらも、言葉は発しなかった。
ふいに、少年が無言で卓也に背をむける。
まるで、彼の心のなかで何かが崩れたように。
「あ……」
(待って……!)
幼い卓也はわけもなく胸騒ぎを感じ、立ちあがった。
そんな彼のまわりで、激しい風が巻き起こった。
無数の藤《ふじ》の花が引きちぎられ、夜のむこうに吸いこまれてゆく。
風がやんだ時、爛漫《らんまん》の藤の下に紫衣《しえ》の少年の姿はなかった。

第一章　鬼道界《きどうかい》からの使者

「薫《かおる》!」

悲鳴のような声をあげて、筒井卓也《つついたくや》はベッドの上にがばっと起きあがった。

数秒遅れて、自分が夢をみていたことに気づく。

閉じたカーテンの隙間《すきま》から、朝の光がもれていた。

パジャマの背中や首のあたりが、じっとりと湿っている。

季節は七月。空梅雨《からつゆ》がつづいているせいか、気温は例年より高いようだ。

(夢か……)

卓也は茶色がかったやわらかな前髪をかきあげ、アーモンド形の目を細めた。陽《ひ》に焼けた額に、うっすらと汗が滲《にじ》んでいる。

朝の光が、頬骨《ほおぼね》の高い、目鼻だちのはっきりした顔と大きめの口を照らしだす。

平均以上に整った顔だちだが、当人にその自覚はない。

ほどほどに筋肉のついた身体《からだ》は首が細く、手足がしなやかで長いせいか、まだ少年臭さを残している。

今年、大検を受けて都内にある神道《しんとう》系の大学に進学したばかりだが、いまだに高校生に間違えられる。

若く見られるのは、本人にとっては癪《しゃく》の種なのだが、これぱかりはどうすることもできない。

彼、筒井卓也は、ここ、新宿《しんじゅく》の靖国《やすくに》通り沿いにたつ花守《はなもり》神社の宮司《ぐうじ》の息子である。

父の筒井野武彦《のぶひこ》は宮司であるのと同時に、鬼を使役《しえき》する〈鬼使い〉一族の統領であり、日本全国の退魔師を統括する組織、七曜会《しちようかい》に所属している。

母は、平安時代に鬼を退治した渡辺綱《わたなべのつな》の末裔《まつえい》である。

退魔師としては、サラブレッドの家系といっていい。

六人の姉たちも、みな〈鬼使い〉として活動していた。

卓也本人は、数年前まで筒井家の落ちこぼれであり、次期統領としては不安視されていた。

実は、彼は小さな時から、なぜだか鬼に好かれ、しょっちゅう襲われては喰《く》われそうになっていたのだ。

というのも、鬼の最上級の愛情表現が愛《いと》しいものを喰ってしまうことだからである。

喰いたいというほどの愛は、鬼の世界でもそうあるものではない。

だが、卓也は出会う鬼たち、すべてになんらかの影響をおよぼし、魅了するらしかった。

鬼たちは、卓也を前にすると「甘い匂《にお》いがして、我慢できなくなる」と言う。

その妖《あや》しい芳香は、人間である卓也にはわからないのだが。

鬼を使役《しえき》するはずが、鬼に襲われてばかりの卓也は、長いこと、自分の実力のなさに悩んでいた。

しかし、幸いなことに、ここ二年ほどで卓也の〈鬼使い〉としての才能は開花し、重要な仕事もまかされるようになってきていた。

大学を卒業したら、神職の資格が手に入る。そうしたら、退魔師としての仕事の傍《かたわ》ら、花守神社で宮司《ぐうじ》見習いとして働きはじめることになるだろう。

卓也の未来は、洋々としているように思われた。

ただ一つのことをのぞいては。

(また、あの夢か……)

卓也は無意識に額にかかる前髪をかきあげ、深く息を吐いた。

まだ心臓がドキドキしていた。

紫衣《しえ》の少年は卓也の恋人で、一時期、仕事の相棒だった篠宮《しのみや》薫だ。

篠宮薫は、鬼と人とのあいだに生まれたハーフ――半陽鬼《はんようき》である。

父は七曜会所属の一流の術者、篠宮京一郎《きょういちろう》。母は鬼の世界——鬼道界《きどうかい》からやってきた鬼の巫女姫《みこひめ》、藤子《とうこ》。

両親はすでにないが、やはり半陽鬼《はんようき》の妹が一人いる。

篠宮薫は、卓也より一つ下のくせに、出会った時にはすでに超一流の退魔師として知られていた。

七曜会のなかでも、彼は「特別」な存在だった。

選ばれた者特有の傲慢《ごうまん》さと無神経さ、そして、その美貌《びぼう》と才能に対する嫉妬《しっと》や好奇心、鬼の血への畏怖《いふ》が、彼を常に周囲から浮きあがらせていた。

情交の相手には不自由しなかったが、彼はいつも一人ぼっちだった。

そんな薫と卓也は、二年前、退魔師としてコンビを組んで働きはじめた。

最初は薫のことを「いけすかない」と思い、反発を覚えた卓也だが、いくつかの事件をともに解決するうちに、薫を信頼し、大切に思うようになった。

薫もまた、卓也を選んだ。

この世でたった一人の相手として。

しかし、鬼の血をひく薫にとって、それは卓也を喰《く》いたいという欲望との果てしない闘いをも意味していた。

愛すれば愛しただけ、破滅の足音が近づいてくる。

半陽鬼《はんようき》にとって、卓也を喰《く》いたいと思う気持ちは痛いほどに強かった。

けれども、大切な相手の命を奪ってはいけない。

喰うことが愛ではない。

ある時点で、半陽鬼はそれを悟った。

むろん、それで本能が薄れ、愛《いと》しいものを喰いたいと思わなくなるわけではないのだが。

恋人同士となり、ついに肌を重ねた後も、二人のあいだには緊張関係があった。

そのせいだろうか。ここ数か月、薫は卓也に指一本触れようとしない。

七曜会の命令でコンビが解消されたせいか、連絡をとりあうことも稀《まれ》になり、会う機会が減った。

隙間風《すきまかぜ》というには、あまりにも冷たい風が互いのあいだを吹きぬけている。

（なんで、あんな夢……）

心のなかで呟《つぶや》いてみたが、答えはわかっている気がした。

＊　　＊

顔を洗い、シャワーを浴びて、ジーンズと白いTシャツに着替え、朝食が用意された居間に入ると、すでに家族は食事をすませた後だった。

大きなテーブルの上に、卓也の茶碗《ちゃわん》とお椀《わん》、それにラップをかけた皿が置かれている。

皿には、キャベツの千切りとレモンの切れ端が載っていた。よく見ると、レモンの切れ端の側《そば》に海老《えび》の尻尾《しっぽ》だけが転がっていた。

(尻尾……?)

卓也は眉根《まゆね》をよせ、居間を見まわした。

テレビの前の椅子《いす》に、筒井家の長女、一美《かずみ》が座っている。ショートカットの黒髪ときりっとした顔だちの小柄な美女だ。

身につけているのは、スカイブルーの綿シャツとベージュの細身のズボン。

ちなみに、六人いる姉たちの名前は、上から一美、不二子《ふじこ》、三奈子《みなこ》、飛四子《ひよこ》、五津美《いつみ》、六津美《むつみ》という。五津美と六津美は双子だ。

一美はテレビを見ながら、プラスチックの容器に入ったプリンを食べている。

テレビから流れてくるのは、英語の報道番組だ。どうやら、海外の衛星放送を受信しているらしい。

一美は六人姉妹のなかでもいちばん真面目《まじめ》で、勉強熱心だ。現在は父の補佐役として、忙しく活動している。

「なあ……一美姉ちゃん、オレの皿になんで海老の尻尾が載ってるんだよ?」

ボソリと尋ねると、一美が弟のほうに目をむけてきた。

「昨夜《ゆうべ》の残り物ですね。卓也は夕ご飯を外で食べてきたから、海老《えび》フライは今朝食べるって言ったでしょう」

弟相手でも丁寧な言葉を使うのは、一美の癖だ。卓也も慣れているから気にしない。

「でも、尻尾《しっぽ》だけじゃん。海老は？　オレの海老は？」

海老フライは、卓也の好物だ。

昨夜は高校時代に所属していた応援団の団長と副団長に誘われ、遅くなったため、あげたては食べそこねた。

「さっき、不二子がつまんでいましたよ」

事もなげに一美が言う。

二番目の姉、不二子は華やかな美人だが、家では弟にプロレス技をかけたり、小遣いをカツアゲしたりする凶悪な面がある。

注意する時にも、口より先に手が出るほうで、何かあるたびに卓也の耳をひっぱったり、腰に蹴《け》りを入れたりしている。

「不二子姉ちゃんが？　なんで止めねぇんだよ……！」

「寝坊するほうが悪いです」

「そんな無茶苦茶な……！　オレの海老フライ……っ……」

言いかけた卓也は、一美が食べているプリンを凝視した。

(え……!?)

もしかすると、それは卓也が昨日、自分用に買ってきた高級プリンではないだろうか。

「一美姉ちゃん、そのプリン……」

「ご馳走《ちそう》さま。次は、トロワグロのクレームブリュレにしてください」

一美は最後の一口を飲みこみ、けろりとして言う。弟の抗議にとりあう気はないようだ。

卓也は、拳《こぶし》を握りしめた。

(オレのプリン……！　ひでぇや、一美姉ちゃんまで！)

「四百二十円、返せよ」

「四百二十円？　なんですか、それは？」

「オレのプリン代だよっ」

一美は、肩をすくめた。

「卓也、男が細かいことをあれこれ言うものではありませんよ。ましてや、お金のことで大声を出すなど、みっともない」

(だって、大金だもん！)

卓也は、涙目になって思う。

姉たちは毎月の退魔報酬を自分で管理していたが、学生である卓也はまだ退魔報酬は自由に使わせてもらえない。

卓也の収入は、毎月の小遣いの一万円だけだった。

しかも、その一万円には大学での昼食代も含まれている。

ちょっと友達とご飯を食べたり、クラスのコンパに顔を出せば、あっという間になくなってしまう。

今は虎《とら》の子《こ》のお年玉でやりくりしてはいたが、そのお年玉も二十歳過ぎたら取りやめにすると宣告されていた。

（一美姉ちゃんのバカ……）

「とにかく、あれはオレのなんだから、一美姉ちゃんはオレにお金払わなきゃダメだと思う……」

言いかけた時、廊下のほうが騒がしくなったかと思うと、紫の狩衣《かりぎぬ》姿《すがた》の小さな子供が居間にテテテテッと駆けこんできた。

透きとおるような白い肌と漆黒《しっこく》の髪、幼いながらも整った美しい顔は、篠宮薫によく似ている。

実は、この美童は卓也の式神《しきがみ》なのだ。名は藤丸《ふじまる》という。

藤丸の外見は、薫の幼い頃と瓜二《うりふた》つだ。

それもそのはず。この式神《しきがみ》は、かつて小さな卓也が出会った薫の姿を模しているのだ。

（チビ……）

卓也は、目を瞬《しばた》いた。

藤丸という名前はちゃんとあっても、普段はついついチビと呼んでしまう。そのほうが呼びやすいのだ。

「あっち行ったよ！」

「待て！　チビ！」

藤丸の後から、二人の若い娘が居間に乱入してきた。

どちらも肩までの髪を栗色《くりいろ》に脱色している。アイドルのように愛らしい顔は、鏡に映ったようにそっくりだ。

筒井家の五女、五津美と六女、六津美である。二人の歳《とし》は、卓也より一つ上だ。

六津美は髪に軽くパーマをかけているが、五津美はストレートである。もし髪型が同じならば、家族でも見分けがつかないに違いない。

二人とも、ざっくりした白いサマーニットのタンクトップに、幾何学模様のポリエステルのスカートをはいていた。スカートは五津美が淡い赤系で、六津美が淡い緑系である。

五津美は、有名なゲームキャラクターの黄色い着ぐるみを持っていた。サイズからいって、藤丸用だろう。

「今日こそ、着せるからね！　いい？　捕まえてよ、六津美」

「オッケー、五津美！」

双子は声をそろえ、藤丸ににじりよっていく。

「五津美姉ちゃんに六津美姉ちゃん……」

（またチビを玩具《おもちゃ》にして）

卓也は、ため息をついた。

筒井家の人間たちは父親をのぞいて、全員、隙《すき》あらば藤丸を抱っこしたり、頬《ほお》ずりしたがっている。

だが、いくら可愛《かわい》くても、実際は愛玩物《あいがんぶつ》ではなく式神《しきがみ》だ。

その気になれば、鬼を一撃で退治できるほどの力を秘めている。

卓也としても、大事な式神を姉たちの玩具にさせておくわけにはいかない。

藤丸は油断なく双子を睨《にら》みあげながら、どこからともなく黄色い小槌《こづち》をとりだし、フローリングの床を叩《たた》いた。

そのとたん、部屋が少し揺れ、テーブルや壁のものがカタカタと鳴った。

同時に、居間の床をすっと通りぬけ、猫ほどの大きさの黄色い竜が飛びだしてくる。小さくても凶暴な顔つきで、二本の角と虎《とら》のような鋭い鉤爪《かぎづめ》を持っている。

「ちょっと、何これ!?　チビ、竜出したよ、竜！」

「黄色ってことは土性《どしょう》じゃん！　たっくん、なんなの、これ⁉」

双子が驚いたように囀《さえず》りだす。

一美が肩ごしに振り返り、ため息をついたようだった。

「卓也が最近、チビに覚えさせた技ですね。敵の性質にあわせて、こちらも陰陽《いんよう》五行《ごぎょう》で応戦するようにしてあります。五津美と六津美には、土性を使うことにしたみたいですね」

どうやら、一美は家族全員の能力を、式神《しきがみ》も含めて正確に把握しているらしい。

「へーえ。チビが自分で判断するんだ。可愛《かわい》いー」

「いい子だねー。よーし。それなら、こっちも遠慮しないからね。いくよ、五津美！」

「オッケー！　六津美！」

双子はむかいあって立ち、両腕を上にのばして、手のひらをあわせた。

卓也が止めようとした時には、もう遅かった。

（あ……姉ちゃんたち……）

「木剋土《もっこくど》！」

五津美と六津美が同時に叫ぶ。

あたりが、カッと青く光った。

藤丸の呼びだした黄竜《おうりゅう》がボロボロと崩れ、床に落ちる。

紫衣《しえ》の童子は無表情のまま、すっと武器を持ちかえた。その紅葉《もみじ》のような手には、いつ

の間にか小さな懐剣《かいけん》が握られている。懐剣の鞘《さや》は黒く、蒔絵《まきえ》で白虎《びゃっこ》の文様《もんよう》が描かれている。

「まだやる気⁉　金性《ごんしょう》に変えたよ、こいつ！」

「じゃあ、次はこっちも火性《かしょう》の技使うよ！　火は金を溶かすからね」

双子も顔を見合わせ、ニヤリとした。

「ストップ！　もうやめろ！　やめろってば！　五津美姉ちゃんも六津美姉ちゃんも、いい加減にしろよ！」

慌てて、卓也は姉たちと式神《しきがみ》のあいだに割って入る。藤丸は卓也の後ろに隠れ、彼のジーンズの足にギュッとしがみついた。

そのまま、無表情に双子を見あげる。

「あー！　ずるい！　たっくんの陰に隠れるなんて！」

「たっくん、そこ、どきなよ！　今日こそ、着ぐるみ着せて抱っこするんだから！」

双子は口々に騒ぎたてる。

卓也は、ため息をついた。

「あのなあ、姉ちゃんたち、これはオレの式神なんだぞ。わかってんのか？　着せ替え人形じゃねーっての」

「式神じゃないでしょ」

「そうそう。たっくんと薫君の愛の結晶じゃーん。顔なんか、薫君そっくりなくせに」

五津美と六津美は、キャハハハと笑った。

卓也は、耳まで赤くなった。

（こいつら……）

家族が、薫とのことを知っているのかどうかは、たしかめたことがない。

だが、もしかしたら、全員が知っているのではないかと怖《おそ》ろしくなることもある。

（わかってて言ってんじゃねえよな……？）

一美がテレビを観《み》ながら、チラとこちらを見、「やれやれ」と言いたげな目になった。

しかし、何も言わない。

双子たちは卓也の様子にはおかまいなく、うれしげに騒ぎたてる。

「そういえばさあ、たっくんがチビ作った時って、薫君と力をあわせてがんばったんだよね。知ってる？　香港《ホンコン》で作ったんだよ」

「えー？　マジマジ？　じゃあ、ホントに二人の子供じゃん！　香港って新婚旅行だったわけ？」

「んなわけないでしょ。むこうで鬼とおっきなバトルやったの、知ってるくせに。でも、チビにも薫君の霊気が混じってるよね。普通、式神《しきがみ》にこもってるのは術者の霊気だけなのにね」

「いやーん。えっち臭《くさ》い！　やっぱ、お父さん似なんだー」

今度の笑いは、さらに大きかった。

「誰がお父さんだ！　やめろよ！」

卓也は、五津美と六津美を睨《にら》みつけた。

双子は声をひそめて、「きゃー。怖ーい」だの「お母さんが怒ったー」などと言いたいことを言っている。

思わず、卓也は拳《こぶし》を握りしめた。

（おっ……お母さん⁉　やめろっ！　なんてこと言うんだ！）

恥ずかしくて、姉たちの顔を正視できない。

その時だった。ふわり……と気配が動いて、長身の人影が筒井家の居間に現れた。

同時に、藤丸が警戒するような表情になって、ふっと消える。

「何を騒いでいるんですか？　お客さんがいらっしゃるんですから、静かにしてくださいね」

声の主は、長い黒髪を背中までたらした美貌《びぼう》の青年だった。見たところ、二十五、六。白い狩衣《かりぎぬ》を着ている。平安貴族のような怪しげな格好だ。

彼の名は、渡辺聖司《わたなべせいじ》。平安時代に鬼を退治した渡辺綱の末裔《まつえい》で、卓也の母の歳《とし》の離れた弟だ。卓也たちにとっては、叔父にあたる。

〈鬼使い〉ではないものの、聖司もまた凄腕《すごうで》の退魔師で、七曜会に所属している。

温厚で誰にでも優しく、紳士的なため、女性からはモテる。

だが、退魔師としての仕事が忙しいせいか、いまだに独身で、筒井家の離れに居候《いそうろう》していた。

聖司の趣味はとんでもないホラを吹いて、お気に入りの甥《おい》っ子《こ》である卓也をからかうことだ。

卓也は、今までに何度もだまされては悔しい思いをしている。

「お客さん……？　こんな早い時間に？」

卓也は、アーモンド形の目を瞬《しばた》いた。まだ九時半にもなっていないはずだ。

聖司は困ったものだと言いたげな目で甥っ子を見、肩をすくめた。

「卓也君、今日、打ち合わせがあるのを忘れてませんか？　君のお客さんですよ」

「えっ……？」

(打ち合わせ……？)

そう思ってから、卓也はハッとした。

たしか、数日前、急に仕事の予定が入ったような気がする。

(やべっ！)

「すいませんっ！　オレ、うっかりしてて！」

藤《ふじ》の花と薫の夢をみたせいで、すっかり忘れてしまっていたのだ。

「そんなことだと思っていました。ご飯を食べたら、すぐ応接室にいらっしゃい」

聖司は、穏やかな口調で言う。

厳しく叱責《しっせき》されるかと思っていた卓也は、少しホッとした。

「はいっ！　すぐ行きます！」

「ご飯はちゃんと食べるんですよ。空腹だと、頭が働きませんからね。大事な仕事ですから、集中してもらわなくては」

「はい」

ペコリと頭を下げると、卓也は慌ててテーブルに戻った。

海老《えび》の尻尾《しっぽ》をチラと見て、黙ってよけ、わびしい朝食を口につめこみはじめる。

「叔父さん、甘ーい」

「卓也にだけ甘いよね」

双子が、コソコソ言っている。

「叔父さんじゃありませんよ。お兄さんって呼んでくださいね。まだ、こんなに若いんですから」

聖司は、ふふふと笑った。

(誰がお兄さんだよ……)

卓也は思ったが、口にはださなかった。

＊　　＊

筒井家の応接室は、卓也の母、優美子《ゆみこ》の趣味で統一されている。

ロココ調のアンティークな飾り戸棚、ふかふかの赤い絨毯《じゅうたん》、コの字形に置かれた真紅と金色のソファー、真珠色のテーブル、ピンクの薔薇《ばら》の花が飾られた、ごてごてした白い花瓶。

フリルのついたピンクのクッションが置かれたソファーには、一人の青年が腰かけていた。黒いサングラスが目もとを隠している。陽《ひ》に焼けた肌、肩までのばした長めの黒髪、薄い唇。

サングラスのせいで、目もとの表情はわからないが、端正な顔をしている。

身につけているのは、一見してブランド物とわかる黒いスーツだ。スーツのなかには白いシャツを着て、グレーのネクタイをしていた。全体的にモノトーンだ。

「お待たせして、申し訳ありませんでした」

「すいません！　遅くなって！」

卓也と聖司が応接室に入ると、青年が顔をあげ、静かに立ちあがった。背はかなり高い。

サングラスごしの視線が、卓也を捉《とら》えたようだった。

(なんだよ、こいつ。グラサンで感じ悪《わ》りぃ……)

卓也は、なんとなくムッとした。

「筒井卓也殿ですか?」

よく響く男性的な声が、そう言った。

「そうですけど……?」

「はじめてお目にかかります。多々羅《たたら》と申します」

そう言いながらも、相手はサングラスをとろうとしない。

「多々羅さん……ですか。どうぞよろしくお願いします」

(変わった名前)

卓也は、軽く頭を下げた。

相変わらず、相手がサングラスをとらないのが気になる。そんな卓也の心を読みとったように、青年は言った。

「このような形《なり》で失礼いたします。これをとるわけにはいかないのです。……いや、説明するより、お見せしたほうが早いでしょう」

青年は、慣れた仕草でサングラスを外した。

(え……?)

卓也は小さく息を呑《の》み、まじまじと青年の顔を見た。

不思議な灰色の瞳《ひとみ》が、まず目に飛びこんできた。

こんな瞳の色は今まで見たことがない。まるで、特殊なカラーコンタクトでも入れているようだ。

光彩も色が淡く、どこを見ているのか、はっきりしない。

サングラスを外した顔だちは貴族的で、育ちがよさげだった。予想以上に、整った顔をしている。

青年は、眩《まぶ》しげに目を細めた。

「このとおり、サングラスを外すと、あまりよく見えないのです」

(よく見えないって……目が弱いのか?)

卓也は、慌ててサングラスをかけるように促した。

青年は卓也の勧めに従い、静かにつけ加えた。

「ご心配はいりません。眩しいだけで、何も見えないわけではありませんから」

「そうなんですか……」

卓也はソファーに腰をおろし、青年から少し視線をそらした。

わかっていても、サングラスでじっと見られると、落ち着かない。

「多々羅殿は、遠見《とおみ》の力を持っています。遠見というのは、遠く離れたところのものを視《み》る力のことです。遠見の力を持つ目を〈竜眼《りゆうがん》〉といいます。日常生活に支障はありませんが、人間界では陽《よう》の気が眩《まぶ》しくて、よく見えにくいみたいですね」

聖司も、卓也の隣の肘掛《ひじか》け椅子《いす》に座りながら言う。

(『人間界では』？　なんだよ、それ。こんな術者見たことねえし……こいつ、何者だ？)

卓也の不審そうな視線に気づいたのか、淡々とした口調で多々羅は言う。

「私は、鬼道界《きどうかい》から来ました」

「え……!?　鬼道界って……鬼なんですか!?」

(マジかよ!?)

ドキリとして、卓也は多々羅を凝視した。

〈鬼使い〉の家に育った卓也にとって、鬼は特にめずらしい存在ではない。鬼と戦ったことも数えきれないほどある。

ただ、鬼が客として堂々と花守神社に入ってきたことに驚いたのだ。

というのも、鬼道界が人間界に侵攻を開始し、人と鬼のいちばん大きな戦いが西新宿《にししんじゆく》で行われたのは、つい一昨年のことだったからだ。

鬼道界の王、羅刹王《らせつおう》が滅び、戦いは終わったが、二つの世界にその傷跡は生々しく残っている。

今、鬼の世界では羅刹王の公子、黒鉄《くろがね》が即位し、鬼道界《きどうかい》の再建に尽くしているという。七曜会と黒鉄王は協定を結び、二つの世界の相互不可侵を約束した。

だが、黒鉄王の命令に従わない鬼の残党も人間界に残っており、悪逆非道のかぎりを尽くしている。

戦いこそ終わったものの、人間側の鬼に対する感情はあまりよくないし、鬼側もまた同じだった。

(それなのに、なんでだよ……？)

聖司が、ため息をつく気配があった。

「見ただけでわからなかったんですか、卓也君。嘆かわしいですね」

「だって……気配しねぇもん」

ボソリと卓也が言い返すと、聖司は白い狩衣《かりぎぬ》の肩をすくめた。その仕草で、背中まで伸ばした長い黒髪が揺れる。

「彼の格好を見て、怪しいと思わなかったんですか？　服装といい髪型といい、どう見ても二十代の普通の若者じゃないでしょうに」

「………」

(叔父さんに言われたくねぇよ)

卓也は平安貴族のような格好の若い叔父を見、ため息をついた。

この状況で、どう考えても、怪しいのは聖司のほうだった。

しかし、今はそれを指摘している場合ではない。

「鬼がなんで、うちの応接室にいるんだよ、叔父さん？　うちは〈鬼使い〉の統領の家だぞ」

声をひそめて尋ねると、聖司もやはり小声で答えた。

「多々羅殿は鬼道界《きどうかい》の使者として、人間界に来ています。七曜会に協力を要請するためにね。むこうのほうでは、ずいぶん立派な家柄の貴族みたいですよ」

「使者……？」

(鬼がなんの用なんだよ？)

卓也は、愛想笑《あいそ》いを浮かべた。敵ではないにしても、鬼が目の前にいると思うと落ち着かない。

多々羅と名乗った青年は人間たちの会話を他人事《ひとごと》のように聞いていたが、何気なく卓也のほうを見、ふいに頰《ほお》を赤らめ、ゆっくりと深く息を吸いこんだ。

「どうかなさいましたか、多々羅殿？」

目ざとく気づいたのか、聖司が尋ねる。多々羅は、苦笑したようだった。

「甘い匂《にお》いがしますね」

(甘い匂い？)

なんとなく嫌な予感がして、卓也は眉根《まゆね》をよせた。

聖司が、コホンと咳払《せきばら》いした。

「気のせいではありませんか？」

「いえ……たしかに匂《にお》います」

多々羅はすっと立ちあがり、室内を見まわした。

その視線が、卓也の上で止まったようだった。

「ああ、あなたですか。……初めて見た時から美しいと思っていましたが、肌が甘く香っておられる」

鬼の使者は何かに誘われるように、ふらりとソファーから離れ、卓也に近づいた。

陽《ひ》に焼けた手がのびてくる。

（え……）

卓也は、わずかに後ろに身を引いた。

「多々羅殿？」

警告するように、聖司が鬼の名を呼ぶ。

多々羅はハッとしたように手を引き、その手をひらひらさせた。まるで、万引きしようとするところを見つかった小学生のようだ。

鬼の薄い唇に、苦笑めいたものが浮かぶ。

「まいりました。私としたことが。……〈鬼使い〉の末子《ばっし》殿は、怪しげな術をお使いになりますな。まるで媚薬《びやく》のようだ。甘く、芳《かぐわ》しい……」

聖司が立ちあがり、多々羅を見据えた。

「多々羅殿、あなたは勘違いをなさっておいでだ」

「勘違い？　私が？」

一瞬、多々羅の全身から稲妻のような妖気《ようき》が走った。

温厚そうに見えても、根は誇り高い鬼の貴族なのだろう。下等な存在と認識している人間に勘違いなどと言われ、神経を逆撫《さかな》でされたらしい。

聖司は、怖《おそ》れる様子もなく言葉をつづける。

「うちの甥《おい》っ子《こ》は、鬼に好かれる体質です。しかし、当人は好かれようと思ってやっているわけでも、喰《く》われたいと思っているわけでもありません。甘い匂《にお》いというのも、人間にはまったくわかりません。鬼を誘っているわけではないのです。ですから、どうぞ誤解されませんように」

多々羅の気配が、ふっと鎮《しず》まる。

「なるほど。覚えておきましょう」

言葉とは裏腹に、渋々といった様子で多々羅は卓也から離れ、ソファーに腰を下ろした。

（相変わらずの鬼フェロモンですね。困ったものです）

胸のなかで呟《つぶや》いた聖司もまた、静かに肘掛《ひじか》け椅子《いす》に座った。

卓也は叔父と多々羅を見比べ、首をかしげた。

（やっぱ、多々羅さんにも甘い匂《にお》いがすんのか……。でも、オレを喰《く》おうって思うわけねぇよな。相手のこと、ものすごく好きじゃねえと、そんなこと思わねぇはずだし）

まさか、この一瞬で多々羅が激しい恋に落ちたと思いもよらない卓也だった。

聖司が、コホンと咳払《せきばら》いする。

「さて、卓也君、君の任務ですが、多々羅殿と協力して、人間界で人捜しをしてもらいます」

「人捜し……？」

「ええ。鬼捜しと言うべきでしょうかね。私も協力しますよ。一人ではきついでしょうからね」

（それに、どうやら、卓也君のガードもしなければいけないようですしね。……まったく、油断も隙《すき》もない。一目惚《ひとめぼ》れで、大事な甥《おい》っ子《こ》を喰われてはたまりません）

しかし、聖司は腹のなかの想《おも》いは顔には出さない。

卓也は、多々羅を見つめた。

「誰を捜せばいいんですか？」

サングラスごしに卓也をながめながら、ぼんやりしていた多々羅の表情が引き締まる。ようやく、自分の使命を思い出したようだ。

「このかたです」

多々羅が、右手をすっとさしだした。その手のひらがぼーっと青白く光りはじめる。

(え……?)

青白い光のなかに、人の姿が浮かびあがってくる。

黄色い中国服を身につけた長身の美丈夫《びじょうふ》だ。中国服の胸には、金糸銀糸で竜の刺繡《ししゅう》が施されている。

腰のあたりまで届く、癖のある黒髪、陽《ひ》に焼けた肌、少し吊《つ》り上《あ》がり気味の目、意志の強そうな口もと。開けっぴろげで、剛胆な雰囲気の持ち主だ。端正な顔だちは、どことなく猫科の大型獣を思わせる。

卓也は、その男を知っていた。

「黒鉄じゃん……」

まだ鬼道界《きどうかい》の公子だった黒鉄とは、羅刹王との戦いのなかで、何度か顔をあわせたことがある。

かつての恋敵《こいがたき》だ。

卓也は薫の想《おも》いに気づいていなかった頃、彼の妹、透子《とうこ》に恋していた。

けれども、透子は一途《いちず》に黒鉄を想《おも》っていた。そのため、卓也は彼女をあきらめるしかなかったのだ。

透子と黒鉄は、身分の低い半陽鬼《はんようき》と王の世継ぎという立場でありながら、互いに愛しあっていた。

その想いは、今も変わっていないらしい。

聖司もまた、「ほほう」と言いたげな目で黒鉄の幻をながめている。

「黒鉄王が人間界で行方知れずという噂《うわさ》は本当でしたか」

「行方不明って……何があったんですか？」

卓也は、まじまじと多々羅を見た。

(鬼道界《きどうかい》の王さまになって、うまくやってたんじゃねぇのか？)

「はい……。実は、鬼道界には、黒鉄王が人間に好意的なのを快く思わない一派がおります。その一派の頭目《とうもく》……黒鉄王の叔母の玉花公女《ぎょっかこうじょ》が黒鉄王を人間界に誘い出し、卑劣な攻撃をくわえたのです。黒鉄王は傷つき、妖力《ようりょく》を封じられたまま、人間界で必死に逃げておられます」

(ぎょっかこうじょ……)

聞き覚えのない名前だ。

「玉に花、それに公共の公に女と書きますね。つい最近まで、表舞台には顔を出さなかったようですが。玉花《ぎょっか》とは雪の異名ですから、さぞや美しく、冷たい女性なのでしょうね」

ポツリと聖司が呟《つぶや》く。

「さあ、私はあまり宮廷には出入りしませんので、くわしくは知りませんが」

多々羅は肩をすくめ、幻を消すと、スーツの懐《ふところ》から白い布の包みをとりだした。布は上質の絹のようだ。

丁寧に布を開いていくと、石の玉をつないだ数珠《じゅず》のようなものが現れた。数珠には、等間隔で透明な水晶の勾玉《まがたま》が五つぶらさがっている。玉はほとんど白かったが、一部、黒い玉をつないだ部分がある。玉と勾玉をつなぐのは、黒い絹糸を編みこんだ丈夫そうな紐《ひも》だ。

「玉花公女は、我々のところにこれを送ってきました」

応接テーブルの上に絹の布と数珠を置き、多々羅はサングラスごしに卓也と聖司を見たようだった。

「なんですか、これ……？」

「〈魂《たま》の輪《わ》〉と呼ばれています。黒鉄王の命数を計るため、玉花公女が自ら作った呪具《じゅぐ》だとか。この黒い紐には、ひそかに手に入れた王の髪が一筋、編みこまれております。白い玉が多いうちは王はご存命ですが、死期が迫るにつれ、白い玉が黒くなってゆきます。すべての玉が黒くなった時、王は崩御《ほうぎょ》されるのです」

（え……⁉）

思わず、卓也は〈魂の輪《たまわ》〉を凝視した。

黒い玉は、全体の五分の一ほど。

（まだ……大丈夫だよな）

卓也の視線に気づいたのか、多々羅が言う。

「まだ白い玉のほうが多いと思われるでしょうが、油断は禁物です。一夜にして、すべてが黒くなる可能性もあります」

「怖いですね……」

卓也は、身震いした。

黒鉄に残された寿命をこんな形で見せられると、不安な気持ちになる。

「どうして、玉花公女はそれを送ってきたんですか？」

「敵である我らを脅すためです」

「脅すため……ですか」

「そうです。〈魂の輪〉を見せつけることによって、もはや、黒鉄王のお命は公女の手のなかにあると思わせようとしているのです。ですが、実際はまだ王は公女の手に落ちてはおられない。そこに、我らの望みがあります」

多々羅はそっと〈魂の輪〉を手にとり、丁寧に布に包んでスーツの懐《ふところ》に戻した。

短い沈黙がある。

「あの……どうして、黒鉄は……黒鉄王は人間界に誘いだされたりしたんですか？　罠《わな》だってわかってなかったんですか？」

卓也は、サングラスに半ば隠された多々羅の端正な顔をじっと見た。

「罠だとわからぬほど愚かなかたではありません。王は半陽鬼《はんようき》の娘が七曜会に捕らえられ、命が危ないと聞かされて、危険を承知で人間界にやってきたのです」

（透子さんのためか……）

卓也は、ため息をついた。

黒鉄は黒鉄なりに、薫の妹のことを愛しているらしい。

「でも……それ、ガセネタですよね。透子さんは大阪で元気に暮らしてますよ」

篠宮透子は、両親がすでに亡《な》くなっているため、身元引受人である七曜会の関西支部長、三島春樹《みしまはるき》の屋敷で暮らしている。

特に七曜会の監視や制約もないため、平和で穏やかな生活を楽しんでいるはずだ。

「たしかにご無事なのですか？」

サングラスごしに、多々羅が卓也をじっと見る。

卓也が答えるより先に、横から聖司が穏やかに言った。

「無事ですとも。篠宮透子は、七曜会の関西支部長に可愛《かわい》がられておりますのでね。あのかたの後ろ盾があるうちは、七曜会も手だしはできません。黒鉄王の心配は杞憂《きゆう》にすぎませんよ」

多々羅は、スーツの肩をすくめた。

「鬼道界《きどうかい》の王に愛されている半陽鬼《はんようき》の娘というだけで、人間界では危険な存在ではありませんか。半陽鬼は、鬼以上に強い力を持つ存在ですからね。利用したり、抹殺しようと思う者は少なくないはずです」

「オレが、そんなことはさせません」

卓也は多々羅を見、はっきりと言った。

薫と恋人同士になった今でも、彼の妹のことは気にかけている。

もしも、七曜会が透子に何かしようというなら、〈鬼使い〉の次期統領の座を捨て、命懸けで戦う覚悟はあった。

「黒鉄王が、その言葉を耳にされていればよかったと思いますよ」

ポツリと多々羅が呟《つぶや》いた。

応接室のなかには、しばらく沈黙があった。

「それで、我々はどこを捜せばいいのですか？」

やがて、聖司が口を開く。

「最初に行くべき場所は、箱根《はこね》です。王の気配は、箱根から動いておりません。しかし、つい先ほど、玉花公女自身が刺客《しかく》とともに人間界に入ったという情報も耳にしました。敵が箱根に到着するのが先か、我々がたどりつくのが先か……」

多々羅は、ふっと窓の外に視線をむけたようだった。

その〈竜眼〉に何が映っていたのだろう。

(箱根か……)

卓也は、子供の頃にしか行ったことがない。

「あの……箱根のどのへんかだけでも、わかりませんか。箱根っていっても、けっこう広いですよ」

「報告によると、王が最後に目撃された場所は、小涌園《こわきえん》と呼ばれる温泉テーマパークだそうです」

「はあ？　小涌園って……あの小涌園ですか？」

小涌園というのは、箱根の有名な温泉施設だ。正式名称は、箱根小涌園ユネッサンという。箱根ホテル小涌園に隣接し、通常の露天風呂《ろてんぶろ》と水着を着て入るアミューズメントスパゾーンに分かれている。内部はコーヒー風呂やローズ風呂、サウナや足湯、温水プールなど、さまざまの趣向が凝らされている。

いかにも庶民的な娯楽施設で、逃亡中の鬼道界《きどうかい》の王が立ち寄りそうな場所ではない。

「なんで、小涌園なんかに……？」

「さあ、私にはわかりません。王には、王のお考えがあるのでしょう」

穏やかな口調で、多々羅が言う。

(考え……ねえ)

「では、一時間後に出発しましょう。私が車を出します。卓也君は荷物をまとめてください」

聖司が、てきぱきと指示を出す。

「はい。……あの、何日くらいになりそうですか?」

(オレ、大学あるんだけどな)

いくら、七曜会から裏で手をまわしてもらえるとはいえ、休んでばかりだと講義についていけなくなる。

「日数は行ってみないとわかりませんね。夏休みいっぱい使う覚悟をなさい」

「はい……」

(マジかよ……)

卓也は、深いため息をついた。

ここで任務に出かければ、せっかく仲良くなりはじめた大学の友人たちとも疎遠になってしまう。

けれども、七曜会の退魔師として、務めを果たさねばならない。

ただ一つの慰めは、任務の旅に出れば、貪欲《どんよく》な姉たちに海老《えび》フライやプリンを盗み食いされる心配がなくなるということだけだった。

「まず、宿のほうに電話して、予約を入れてもらいましょう。七曜会の保養施設が箱根にあったはずです」

聖司が腰を浮かしかける。

「七曜会の施設……ですか」

多々羅がポツリと呟《つぶや》いた。

「ご不満でしょうか、多々羅殿？」

聖司が多々羅に視線をむけ、穏やかに尋ねる。多々羅は、微笑《ほほえ》んだ。

「不満などと、とんでもない。卓也殿と同じ部屋に寝起きし、湯上がりの艶姿《あですがた》を拝見できるならば、これにまさる喜びはありません」

(はあ？　湯上がりの艶姿？　なんだよ、それ？　……っていうか、なんで、同室って決めてかかってるわけ？　何考えてるんだ、こいつ？)

卓也の頭のなかには、いくつもの「？」が飛び交っている。

聖司が「やれやれ」と言いたげに肩をすくめた。

「残念ながら、多々羅殿は我々とは別室です。セキュリティ上、風呂《ふろ》も時間をずらして入っていただきます」

鬼の使者は、つまらなそうな顔になった。

「七曜会も無粋なことをなさる」

（無粋？　なんなんだよ、こいつ？　わけわかんねえ）

卓也は、一人で首をかしげている。

篠宮薫という「美しい鬼」にしばしば迫られてきたくせに、なぜだか卓也は鬼の気持ちに関して、ひどく鈍感なところがあった。

無意識に、自分が鬼の欲望の対象になることを認めたくないのだろうか。

（うちの甥《おい》っ子《こ》は、接待要員じゃありませんよ。温泉芸者じゃあるまいし）

胸のなかで呟《つぶや》いた聖司は、聞き分けの悪い子供を諭《さと》すような笑顔になった。

「我々は遊びにいくわけではありませんよ、多々羅殿」

多々羅の薄い唇が、皮肉めいた笑みを浮かべる。

「人間に言われるまでもないことです。王をお助けするのが第一の目標。……ですが、私は欲張りな男です」

「この国には、『二兎《と》を追うものは一兎をも得ず』という諺《ことわざ》がありますよ、多々羅殿。老婆心ながら、忠告しておきましょう」

「ご忠告承りました。この国には『一挙両得《いっきょりょうとく》』という言葉もありましたな」

「ほう、多々羅殿は物知りですね」

「お褒《ほ》めにあずかって光栄です」

聖司と多々羅のあいだに、青い火花が散ったようだった。

卓也は、一人で首をかしげている。

(なんの会話だ、二人して？　わけわかんねえ)

多々羅がそんな卓也を見、優美な仕草で頭を下げる。

「卓也殿、我が王のため、どうぞお力を貸していただきたい」

「はい。あの……黒鉄王が無事に鬼道界《きどうかい》に戻れるように、オレもできるかぎりお手伝いします」

卓也も、ペコリと頭を下げた。

多々羅の言動は意味不明だし、黒鉄の居所が小涌園というのも「やれやれ」という気分になるが、任務は任務だった。

(がんばろう)

こんな時、ふと隣に彼がいてくれたらと思うこともある。

頼れる相棒だった篠宮薫が。

＊　　　＊

筒井卓也と渡辺聖司、それに多々羅が黒鉄王救出について話しあっているのと同じ頃、六本木《ろっぽんぎ》ヒルズの上に一つの美しい影がひっそりと立っていた。

強い風に乱れる漆黒《しっこく》の髪、透きとおるような白い肌、闇《やみ》よりも黒い切れ長の目。見る者を幻惑する妖《あや》しい美貌《びぼう》は、昼の光の下に立っていても、どこか暗く、危険な力を秘めている。

しなやかで均整のとれた身体《からだ》を包むのは、紫のスーツである。スーツのなかには、仕立てのよいスタンドカラーの白いシャツを着ている。ネクタイは締めていない。

彼の名は、篠宮薫という。

七曜会に所属する超一流の退魔師。鬼と人とのあいだに生まれた半陽鬼《はんようき》。

半陽鬼は怖《おそ》れる気配もなく、五十二階の高みから遥《はる》かな地上を見下ろしていた。

道を行き交う車は玩具《おもちゃ》のように小さく、人の姿はさらに小さい。

いかに鬼の血をひくとはいえ、この高さから落ちたら命はないに違いない。

だが、篠宮薫は無表情のまま、空に近い場所に立っていた。

びょうびょうと風が鳴る。

眼下には青山霊園《あおやまれいえん》があり、そのむこうに明治神宮《めいじじんぐう》の緑が広がっていた。

さらにそのむこうに目をやると新宿の高層ビル群があり、その右手には新宿御苑《ぎょえん》の緑も見える。

（花守神社は……あのあたりか）

どんなに離れていても、薫はその社《やしろ》を見つけだす。

〈鬼使い〉たちの守る社から立ち上る強い霊気は、東京という街に漂う瘴気《しょうき》のなかで、一筋の陽光のようだ。

薫にとって、筒井卓也もまた、そういう存在だった。

この世でたった一つの日だまり。美しい陽《ひ》の光。

（卓也……）

薫の胸の奥に、遠い日の光景が甦《よみがえ》ってきた。

あれは、薫が七つか八つの頃だった。

人里を遠く離れた山のなかである。

――鬼は殺せ。人間も信じるな。

黒いスーツを着た美しい男が、ゆらり……と小さな薫を振り返る。

塩のように白い肌とオールバックにした銀色の髪、暗い瞳《ひとみ》。怖いほどに整った顔だちだが、どこか病的なものを秘めている。スーツの胸には、返り血が飛び散っていた。

見た目は異形《いぎょう》のもののようだが、あきらかに人間だ。

男は薫の死んだ父で、七曜会の一流の退魔師だった篠宮京一郎である。

我が子を見下ろす父の目は、氷のように冷たい。

小さな薫は、ただ真っ黒な目を見開き、父を見あげていた。

かつては、父は自分と妹の透子を可愛《かわい》がってくれていた。

しかし、鬼の姫であった母がいなくなった直後から、父は変わった。

京一郎は自分を捨てて去った鬼の女を憎み、その血をひく子供たちを憎んだのだ。

憎悪《ぞうお》のあまり、父は鬼を根絶やしにしようとさえ思っていたのかもしれない。

退魔師の足もとには、見知らぬ鬼の女が血と泥にまみれて倒れている。

どんな理由で、彼女がそうなったのか、薫は知らなかった。

鬼の女が、切なげな表情で幼い薫を見あげる。

――かわいそうに……。

だが、次の瞬間、父の霊気の刃《やいば》が鬼女を襲った。無数の刃が、苦悶《くもん》し命乞《いのちご》いする鬼女を滅多斬りにする。

飛び散る血飛沫《ちしぶき》のなか、幼い薫はただ無表情に立っていた。

自分は「かわいそう」なのだと言われたけれど、それがどういうことなのか、彼にはわからなかったのだ。

鬼の血を引く身は、涙を流すことができない。

だから、薫は泣かなかった。

この美しい獣は、泣きたい時に泣くことはできない。助けがほしくても、助けてほしいと口にしたことはない。

自分が深く傷ついていても、傷ついていると感じることさえできずにいた。

彼をそんなふうに育てたのは、実の父、篠宮京一郎である。

薫は、酷《むご》い父を憎みつづけた。

成長とともに、美貌《びぼう》の半陽鬼《はんようき》は夜の街で乱行をくりかえすようになった。

相手かまわず肌を重ねることによって、自分も他人も傷つけた。

彼は、ほかに感情表現の仕方を知らなかったのだ。

そんな薫を生まれて初めて全身で受け止め、おまえも泣いていいのだと教えてくれたのが筒井卓也だった。

だから、薫は卓也を愛したのだ。

けれども、薫は今、怖《おそ》れていた。

自分がこのまま、卓也の側《そば》にいれば、いつか父のようになってしまいはしないかと。

憎い父だった。

それでも、成長するにつれて、自分が父親に似ていることに気づかないわけにはいかなかった。

自分が周囲の人間たちとうまくやっていけないのは、自分が半分鬼だからではなく、傲《ごう》岸《がん》で非情な父の血を引いているからではないかと思うと、どういうわけだか不安が胸を過《よぎ》った。

いつか、憎い父と同じものになってしまうのかもしれない。

それは、不吉な予言のように、薫の人ならぬ心を脅《おびや》かしつづけた。

母を愛するあまり、その死を認められず、狂気に陥《おちい》っていった父の姿が自分と重なる。

鬼を憎むことで心の均衡を保とうとした男は、妻を思い出させる息子と娘にとりかえしのつかない酷《むご》い行為をくりかえした。

その人間の激情の血と、最愛のものを喰《く》い殺《ころ》す鬼の血が薫のなかにともに流れている。

(もう会わないほうがいいのかもしれない)

胸のなかで呟《つぶや》いた時だった。

薫の背後で、何者かの気配が動いた。

美貌《びぼう》の半陽鬼《はんようき》は、音もなく振り返る。

そこには、紺色のスーツを着た中年の男が息をきらし、汗びっしょりになって立っていた。丸顔で、のんびりした雰囲気がある。

七曜会の職員だ。

「こんなところに上って、見つけるのに苦労しましたよ。いやあ、高いですね。吹き飛ばされそうだ」

職員は怯《おび》えたような素振りをしてみせたが、薫はそれに反応しようとしない。切れ長の目だけが「それで？」と尋ねている。

職員は、微笑した。

「新しい任務です、篠宮薫殿」

どうやら、職員はそれを伝えるために、わざわざ、こんなところまで上ってきたらしい。

「黒鉄王が陰謀によって人間界に誘いだされ、傷ついたまま逃亡中です。黒鉄王にもしものことがあれば、二つの世界は再び混乱するでしょう。彼を捜し、鬼道界《きどうかい》へ送り返してください」

薫は驚いた様子もなく、うなずいた。

あるいは、彼はすでに自分にこの任務がくることを知っていたのかもしれない。

「承知した」

美貌《びぼう》の半陽鬼《はんようき》は、優美な足どりで歩きだす。

「こちらが関連書類です……。うわっ！」

職員がとりだしたファイルは強い風にさらわれ、飛んでいこうとする。

けれども、ファイルがバラバラになる寸前、薫の指がそれをつかんだ。

「あ……すみません」

職員は息を呑《の》み、ふいに頰《ほお》を赤らめ、へたへたとその場に座りこんだ。

間近で薫の顔を見てしまったためだ。

訓練を積んだ職員ですら、半陽鬼《はんようき》の妖《あや》しいまでの美貌《びぼう》に心が迷う。普通の人間が薫の姿を目にして、正気でいることは難しかった。

しかし、薫は顔色一つ変えず、職員の横を通り過ぎた。

彼にとっては、周囲の人間が赤面したり、呆然《ぼうぜん》として挙動不審になるのはいつものことだ。いちいち気にしていては、心がもたない。

薫にとって筒井卓也以外の人間は、通り過ぎていく風景の一部でしかなかったのだ。

きつい初夏の陽射《ひざ》しの下《もと》、遠ざかる美しい影を、七曜会の職員が何かに憑《つ》かれたように呆然と見送っていた。

＊　＊

新宿、花守神社の境内《けいだい》で、多々羅は足を止めた。

卓也と聖司は箱根へ出発する準備のため、彼の側《そば》を離れている。

——若、あの人間が気に入られましたか？

ふいに、何者かの思念を感じ、多々羅は自分の足もとを見下ろした。

そこには、いつの間にか一匹の蝦蟇《がま》が座っている。

「爺《じい》か。ここでは、出てくるなと言ったろう」

声をひそめて、多々羅は叱責《しっせき》する。

爺と呼ばれた蝦蟇《がま》は目だけギョロリと動かし、多々羅を見あげる。

この蝦蟇は、ただの蝦蟇ではなく、多々羅が鬼道界《きどうかい》から連れてきたお守り役だった。名を車骨《しゃこつ》という。

——人間ごときに、たぶらかされてはなりませんぞ。あの甘い香りは、若には危険でございます。

蝦蟇は、喉《のど》を膨らませてみせる。

「たぶらかされるなどと人聞きの悪い……。美しい花を愛《め》でたいだけだ」

——おかわいそうな若……。このようなお役目で人間界に追いやられ、あのような人間と出会ってしまうとは。ああ、おいたわしい。お目さえ〈竜眼〉でなければ、母上さまも大切にしてくださったでしょうに。たった一人のお子の若に対して、これはあまりにも酷《むご》いなされよう……。爺は……爺は……。

蝦蟇はゲコゲコと鳴いて、多々羅のほうに近よってくる。

多々羅は、車骨の側《そば》に片膝《かたひざ》をついた。

「車骨、母上のことは」

言いかけた時、社務所のドアが開く音がした。

鬼の使者は慌てて立ちあがり、足で蝦蟇《がま》を石の陰に押しやった。

蝦蟇があたふたと隠れたとたん、卓也が駆けよってくるのが見えた。

＊　　＊

卓也と薫のもとに、それぞれ別々のルートから同じ事件が舞いこんだ日の夜だった。

真夜中の箱根の山中を、一人の男がよろめきながら走っていた。腰まで届く長い黒髪が、常人離れした印象をあたえる。

身につけているのは、金糸銀糸で竜の刺繡《ししゅう》を施した黄色い絹の中国服だ。中国服の下には、同じ素材のズボンをはいている。

もとは立派だったろう中国服は血と泥に汚れ、あちこちに刃物の跡が残っている。

中国服の胸にはいちばん大きな傷があり、傷口から染《し》みだす血が黒っぽく布を染めていた。

癖のある黒髪はもつれ、木の葉や枝がからみついている。

月明かりに照らされた男性的な顔は真っ青で、吊《つ》り上《あ》がり気味の黒い目にも力がない。

片手で押さえた傷口からはまだ血が流れだし、ポタポタと地面に滴《したた》り落《お》ちていた。

鬼道界《きどうかい》の王、黒鉄である。

その額には、血のような赤い小さな五芒星《ごぼうせい》が浮かびあがっている。消すことのできない、この五芒星が黒鉄の妖力《ようりょく》を封印しているのだ。

ざわざわと風が鳴り、背後から敵の気配が迫る。

黒鉄は走りながら、肩ごしに後ろを振り返った。

敵が、さっきより近づいてきているのがわかる。

(ふりきれないか……。もし、今、追いつかれたら)

一瞬、心を過《よぎ》った弱気な思考をふりはらうように、黒鉄は前を見据え、唇を噛《か》みしめた。

(俺がこんなところで死ぬものか。透子のためにも、生きて、もう一度会わねばならぬ)

枯れ葉の上に血の跡を残しながら、鬼の王は走りつづけた。

だが、夜明けはあまりにも遠かった。

＊　　＊

箱根を遠く離れた大阪、天王寺《てんのうじ》の一画でも、同じ月が一人の少女を照らしだしていた。

均整のとれた細身の身体《からだ》に淡い桜色の着物を着て、背中まである長い黒髪を結わずにたらしている。

眉《まゆ》のあたりで切りそろえた前髪、きめ細かな白い肌、濃い睫毛《まつげ》に囲まれた黒目がちの大きな目、すっと通った鼻筋、やや面長の顔。

滅多にいないほど愛らしく、可憐《かれん》で美しい少女だった。

骨格から造りが違うのではないかと思わせる細い手首、長い首、華奢《きゃしゃ》な肩。綺麗《きれい》な顎《あご》の輪郭は、そのまま優しいラインを描いて貝殻のような耳につながっている。

雑誌の表紙を飾る美少女アイドルたちも、彼女の前では輝きを失い、粗野で野暮《やぼ》ったい存在になってしまうだろう。

ただ立っているだけで、周囲の空気の色さえ変えるような美貌《びぼう》と存在感は彼女の兄——篠宮薫と共通するものだ。

少女の名は、篠宮透子といった。

鬼と人のあいだに生まれた半陽鬼《はんようき》で、鬼道界《きどうかい》の王、黒鉄の恋人。

そして、いずれは鬼道界の王妃となることを運命づけられた娘だった。

背負っているものの重さとひきくらべて、自己主張というものをほとんどしない、大人しすぎるくらい大人しい少女である。

けれども、実の兄の薫といる時だけは、透子も普段と少し違う顔を見せる。

透子は、他人に感情を読みとらせない薫の心を、なぜだかたやすく読みとることができた。

そのため、透子は兄をやんわりとからかったり、時には笑いものにしたりすることがある。

この可憐《かれん》な美少女は、世界で唯一、薫をいじめることのできる恐るべき存在なのだ。

透子には、薫がどんなに隠そうとしていても、卓也のことを好きで好きでたまらないのがわかっていた。

そして、兄と卓也にはうまくいってほしいと思っていた。

今まで、誰にも心を許さなかった兄が卓也を信頼し、必要としていることが、透子にとっても素直にうれしかったのだ。

今、透子がいるのは、七曜会関西支部長、三島春樹の私邸の日本庭園だ。

よく手入れされた庭には鯉《こい》の泳ぐ池や茶室が造られ、四季折々の花が目を楽しませてくれる。今は、芍薬《しゃくやく》やテイカカズラが花盛りだ。

初夏の風が、夜の庭を吹き過ぎてゆく。

少女は芍薬の傍《かたわ》らに屈《かが》みこみ、夜露に濡《ぬ》れた花の芳香を胸いっぱいに吸いこんだ。

(いい匂《にお》い……)

胸の奥まで、瑞々《みずみず》しく甘い香りが流れこんでくる。

さまざまの心配事や悲しみにとらわれて、花の香りのことなど考えることもできなかった時期もあるだけに、このささやかな平安が身に染《し》みて幸せだと感じられる。

わずか二年ほど前まで、透子は実の父である篠宮京一郎によって、半陽鬼《はんようき》の力を利用され、心を持たない物のように惨《むご》たらしくあつかわれていた。

京一郎は、篠宮家の専制君主だった。

薫は物心ついた頃から、透子をかばって、そんな父と激しく対立してきた。

時には互いの命を懸けて、父子《ちちこ》は戦った。

無惨《むざん》な父子の対立は、一昨年の冬、京一郎が鬼道界《きどうかい》の王、羅刹王と戦って殺されたことでついに幕を閉じた。

京一郎は死の間際《まぎわ》に、妻は透子を産んですぐに死んだのだと思い出した。

すべては、羅刹王の残酷な戯《たわむ》れだった。

羅刹王は、妻の死を認められなかった京一郎に、妻は彼を捨てて去ったのだと思いこませたのだ。

偽りを信じ、愛《いと》しい子供たちを苦しめつづけた長い日々。

京一郎は、それを認め、すべてを受け入れて死んだ。

我が子を憎んでいると思っていた間も、心の奥底では愛していたのだと悟って。

けれども、薫は父が我が子への愛情を取り戻して逝《い》ったことをまだ知らない。

ただ、透子はぼんやりと何事か感じていた。

あれほど酷《むご》く自分たちをあつかったくせに、決して捨てたり、敵に殺されるままにしようとしなかった父。

彼は子供らに愛情こそ示さなかったが、幼い頃から薫を厳しく鍛え、超一流の退魔師に育てあげた。

そこに、なんらかの想《おも》いはあったに違いない。

少女は白い指先で、そっと芍薬《しゃくやく》の花びらに触れようとした。

その時、遠く遙《はる》かなところから懐《なつ》かしい声が聞こえたようだった。

――透子。

少女は、ふっと夜空を見あげた。

黒い瞳《ひとみ》に、青ざめた月が映る。

「黒鉄さま？」

わけもなく胸騒ぎを覚えて、透子はゆっくりと立ちあがった。長い黒髪の房が、桜色の着物の肩から胸もとに滑り落ちる。

(黒鉄さまに何か……？)

その時だった。

「こんなところにおったんか、透子」

しわがれた声とともに、母屋《おもや》のほうから小柄な老婆が近づいてきた。

白い柔道着姿だ。真っ白な髪をまとめて、頭のてっぺんで団子にしている。髪はだいぶ薄くなっており、額の生え際《はえぎわ》のあたりでは地肌が透けて見えていた。

どことなく狆《ちん》に似た顔だちである。

この私邸の主《あるじ》で、関西支部長の三島春樹だ。

一見するとただの老人だが、視《み》る力のあるものの目には強い霊力が全身を覆っているのがわかったろう。退魔師としての能力だけではなく、体術にも優れており、今も敷地内の道場で弟子をとって教えている。

三島春樹は、七曜会のなかでも穏健派として知られていた。

また、七曜会関西支部長の立場を離れて、一人の老女として透子のことを実の孫のように可愛《かわい》がっている。

「おばあさま……」

透子は春樹を振り返り、少しためらった。

黒鉄のことを言うべきだろうか。

もしも、黒鉄が何らかのトラブルに巻きこまれているとしたら、それを伝えていいものだろうか。

立場上、七曜会の支部長である春樹は、たとえ透子が頼んでも鬼道界《きどうかい》の王を助けることはできないだろう。

だとしたら、黙っていたほうがいいのか。

（でも、黙っていたら、おばあさまは心配するかも）

そんな透子の不安を読みとったように、春樹が微笑《ほほえ》んだ。

「ええ月やね」

「はい……」

「平和で穏やかな夜やなあ」

たしかに、今しがたの一瞬のできごとさえなければ、気持ちのよい夏の夜である。

「はい……」

目を伏せ、呟《つぶや》いた透子にむかって、春樹が低く言う。

「あんまり心配しなさんな。おまえさんは、ゆったり構えておったらええんや。ここでは、おまえさんを攻撃したり、嫌な思いをさせようとするものはおらん。あたしが、そんなことはさせへんわ」

透子はうつむき、自分の白い両手を見下ろした。

「私のことは、心配はしていません」

「薫も大丈夫や。わかっとるやろ」

「兄のことでもありません」

「うん。……そのことは、もう言わんとき」

「心配してはいけませんか、おばあさま？」

透子は、春樹の皺深《しわぶか》い顔を見つめた。

「おまえさんが誰のことを言っているのかはわからへんけどな、その人は心配してほしくないと思っとるやろ。たぶんな」

老女は、穏やかな声で答える。

「そうでしょうか……」

透子はふっと春樹から視線をそらし、夜空を振り仰いだ。

都会の明かりにかき消され、はっきりとは見えないけれど、本当ならば、そこにまばゆい銀河が横たわっているはずだ。

藍色《あいいろ》の空の一画にかかる月だけが、冴《さ》え冴《ざ》えと美しい。

(黒鉄さま……)

それでは、心配しないようにしなければと少女は健気《けなげ》に思い、ひそやかなため息をもらした。

待つ身はつらい。

十六年しか生きていなければ、そのつらさはなおさらだ。

それでも、透子は耐えようと決意していた。

第二章　思わぬ再会

東京湾を望む港区台場《だいば》。その外れにあるシティホテルの一室で、静かな声がした。

「箱根《はこね》での首尾はどうじゃ、石黄《せきおう》？」

声の主は、華やかで妖艶《ようえん》な美女だ。球を半分に切ったようなラタンの椅子《いす》に身体《からだ》を休めている。

結いあげた長い黒髪と白い肌、血を舐《な》めたように赤い唇、漆黒《しっこく》の瞳《ひとみ》。

青い中国服に包まれた身体は肉感的で、砲弾のように尖《とが》った両の乳房が布を押しあげている。

けれども、手足はしなやかで長く、腰が驚くほど細いのがわかる。艶《つや》やかな髪のあいだからは、二本の銀色の角が生えていた。

彼女が玉花公女《ぎょっかこうじょ》。鬼道界《きどうかい》の王、黒鉄《くろがね》の叔母にあたる女だ。

見たところ、二十七、八に見えるが、実際の年齢はわからない。

玉花公女の前には応接テーブルがあり、そこには葡萄《ぶどう》や石榴《ざくろ》、マンゴスチンなどを盛ったウエルカムフルーツの籠《かご》が置かれている。

「は……申し訳ございません、殿下」

女の前に、屈強な大男が平伏した。歳《とし》は三十代前半だろうか。がっしりした長身の身体《からだ》を黒い中国服に包んでいる。中国服の下は、同じ素材のズボンである。

短めの黒髪と額から生えた一本の角、陽《ひ》に焼けた肌、鋭い眼光。引き締まった身体と腕や肩の見事な筋肉を見れば、鍛えぬかれた戦士であることがわかる。

だが、今、石黄と呼ばれた鬼は怯《おび》えきった様子で床に両手をついている。

「しくじったのかえ？」

玉花公女の声に冷たいものが混じる。

「お許しください。たしかに胸を刺しましたが、心の臓には届きませんでした。なれど、あの深手では思うように動けぬはずです」

「しくじったのだな。よくも、おめおめと戻ってこられたものじゃ。無能めが」

「はい……」

「そなた、相手が王だと思って手加減したな？」

「決して、そのようなこと……！」

「いいや。わらわにはわかるぞ。鬼道界《きどうかい》の王を前にして、そなたは迷ったのじゃ。一介の兵卒の身で、至高の存在である王を弑逆《しいぎゃく》してよいものかとな」

「お許しください、殿下……」

石黄は、床に頭をすりつけた。

玉花公女はそんな男を見下ろし、薄く笑った。

「この愚か者が。見かけ倒しで、てんで役に立たぬ奴じゃ」

「おおせのとおりにございます」

石黄は平伏したまま、動かない。

公女は、舌打ちしたようだった。イライラと肘《ひじ》掛《か》けを指で叩《たた》き、わずかに身を乗り出す。

「よいか、石黄。黒鉄はたしかに人望があり、武勇に優れた王じゃ。しかし、黒鉄王のもとでは鬼道界《きどうかい》は滅びる。なぜかわかるか？」

「いえ……」

「敵である人間どもに操られているからよ。黒鉄は、汚《けが》らわしい半陽鬼《はんようき》の娘を愛した。その娘の身柄は、七曜会《しちようかい》に握られておる。黒鉄は七曜会に逆らうことができぬ。すでに、われらは人間界に自在に入ることを禁じられた。愚かしい約定《やくじょう》よ。人間界もまた、われらの狩り場であったというのに。このままでは、鬼族は爪《つめ》と牙《きば》をぬかれ、人間どもの飼い犬のような存在に貶《おとし》められてしまうに違いない」

「殿下のおっしゃるとおりでございます。私も王と七曜会の約定には、納得がいきませぬ」

石黄が、真剣な眼差《まなざ》しで玉花公女を見あげた。

公女は、唇の端をあげて笑った。

「鬼道界《きどうかい》のために、黒鉄王は死なねばならぬ」

「は……」

石黄の目がキラリと光った。

「黒鉄王に死を」

「よく申した、石黄。次は、しくじるでないぞ」

玉花公女は、満足げに石黄を見下ろした。

「はっ！」

石黄が、再び平伏する。

鬼の姿は、そのまま薄れ、ふっと消えた。公女の命《めい》を果たすため、移動したのだろう。

ほどなくして、左手のドアが開き、ダークスーツ姿の不健康そうな若い男が入ってきた。眉《まゆ》が細く、酷薄な顔をしている。

彼は、玉花公女に味方する人間の術者の一人だった。名を黒部《くろべ》という。

「お呼びでしょうか、公女さま？」

黒部は、恭《うやうや》しく一礼する。

玉花公女は、無感動な瞳《ひとみ》を相手にむけた。

「人間界に入った使者は、どうなっておる、黒部?」

「使者は、すでに七曜会と接触いたしました。七曜会では、筒井《つつい》家の協力を要請したようです」

黒部は、低く答えた。

「筒井家か……。〈鬼使い〉風情《ふぜい》が、われら鬼の前に立ちふさがる気か」

玉花公女は呟《つぶや》き、冷酷な笑みを浮かべた。

「黒鉄王の探索に出てくるのは誰じゃ? まさか、〈鬼使い〉の統領ではあるまいな?」

「筒井卓也《たくや》と叔父の渡辺聖司《わたなべせいじ》、と報告書には書いてございます」

「筒井卓也? 名前は聞いたことがあるぞ。たしか、羅刹王《らせつおう》陛下を手にかけた恨み重なる筒井家の末子《ばっし》のはず。面白い」

先の鬼道界《きどうかい》の王で、黒鉄の父、羅刹王は公女にとっては兄にあたる。

兄の仇《かたき》である筒井卓也の名を耳にして、復讐心《ふくしゅうしん》を新たにしたのか、公女は音もなく立ちあがった。

その赤い唇に、氷のような笑みが浮かぶ。

「筒井卓也を殺せ」

「かしこまりました」

「噂《うわさ》では、筒井家の末子《ばっし》は生まれつき、鬼を魅了する魔性《ましょう》の力を持ち、肌が甘く香るという。だが、人であるそなたには、筒井卓也の影響力もおよばぬはず。かならず息の根を止め、首を持ち帰れ」

「おまかせください、公女さま」

黒部は深々と一礼し、部屋を出ていった。

広い室内に残された公女は、目の前の果物入れから石榴《ざくろ》をとり、弾《はじ》けそうな果肉をガリリと噛《か》んだ。

指を伝って流れ落ちる果汁は、一瞬、光の加減で血のように赤く見えた。

(黒鉄を倒したら、わらわが鬼道界《きどうかい》の女王じゃ)

公女の唇から、含み笑いがもれた。

含み笑いは、しだいに勝ち誇った哄笑《こうしょう》に変わってゆく。

*　　　　　*

午前中の陽《ひ》が、ロビーに射《さ》し込《こ》んでくる。

箱根、宮《みや》ノ下《した》にある華屋《はなや》ホテルである。創業は明治時代という老舗《しにせ》のリゾートホテルだ。

本館は、社寺建築を思わせる瓦屋根《かわらやね》と破風《はふう》ふうの玄関を持ち、内装は和洋折衷になっている。レトロな調度品やオリエンタリズムあふれる内装が、訪れる者の目を楽しませてくれる。

別館は、鎧戸《よろいど》つき上げ下げ窓がついている典型的な明治の洋館である。バスタブも洋画に出てくるような、足つきの白い陶器製だ。温泉地なだけあって、すべての客室に温泉がひかれ、バスルームで個別の入浴を楽しむことができる。

(すげえな……)

筒井卓也は、重厚なティーラウンジを見まわした。白いTシャツにジーンズというラフな格好だ。

箱根に入って二日目の午前中である。

卓也の宿泊先は華屋ホテルではなく、箱根登山鉄道沿いにある七曜会の保養施設だ。

たいていの大企業と同じように、七曜会もまた国内に何か所か保養施設を持っていた。

そのなかの一つが七曜会箱根保健センターである。

今回は極秘任務ということで、卓也たちは休暇あつかいなのだが、それでも一般の旅館とくらべると何かと便宜をはかってもらえるのはありがたい。

ただし、部屋は殺風景だし、料理も普通の旅館の食事である。

そのうえ、叔父と同室だ。

聖司のことは嫌いではないが、いつも一緒というのは、やはり息がつまる。

（やっぱ、こういうとこに泊まりてぇよなあ。個室で）

遊びにきたわけではないとわかっていたが、ついそんなことを思ってしまう。

今日、聖司はめずらしく側《そば》にいない。

初日に小涌園《こわきえん》に行った卓也たちだったが、黒鉄はもうそこを立ち去った後だった。

そのため、聖司は情報収集のため、早朝から一人で箱根の玄関口、箱根湯本《ゆもと》のほうに出かけていったのだ。

多々羅《たたら》もまた、朝から芦《あし》ノ湖《こ》のほうに行っていた。鬼には鬼なりに、何か大事な用があるらしい。

卓也は、今日の昼にここで叔父と合流することになっていた。

約束の時間まではまだ間があるが、せっかくなので、ホテルのなかを見物したり、ティーラウンジでお茶でもしようと思った卓也である。

普段なら、こんな高いところには一人では絶対に入らない。しかし、待ち合わせならば、叔父がお茶代を出してくれるはずだ。

それを期待して、ティーラウンジの前に置かれたメニューの豪華なサンドイッチとスコーンのセットをながめていた時だった。

周囲のざわめきが、ふいに消えた。

（ん……？）

なんとなく異変を感じて、卓也は目をあげた。

その目が大きく見開かれる。

（え……⁉　嘘《うそ》……！）

ここにいるはずのない姿が近づいてくる。

仕立てのいい紫のスーツとスタンドカラーの白いシャツをまとった、しなやかな肢体。

決して見忘れることのない、野生の獣のような誇り高い、優美なその物腰。

その一画だけ、空気の色が違った。

明るい光のなかでも夜の気配をまとわりつかせた姿は、美しすぎて、いっそ不吉に見える。

周囲の宿泊客たちは、魂をぬかれたようにこの妖美《ようび》な生き物に見惚《みほ》れている。なかには、頰《ほお》を赤く染め、へたへたとその場にへたりこむ者もいた。

しかし、彼はまわりの様子に気づいたふうもない。

（なんで、おまえが……⁉）

「薫《かおる》……！」

半陽鬼《はんようき》の通り過ぎてきた通路や階段では、ホテルマンたちが仕事も忘れ、息を吞《の》んで立ち尽くしている。

駆けつけてきたフロアマネージャーも、薫の顔を見たとたん、何も考えられなくなったようだ。

時が止まったような空間のなかを、妖美《ようび》な影がゆっくりと移動してくる。

薫の漆黒《しっこく》の瞳《ひとみ》は、卓也を捉《とら》えてもなんの反応も見せない。

「おまえ、なんで、こんなとこにいるんだよ……!?」

卓也は、まじまじと薫を見つめた。

こちらは、美形ぞろいの六人の姉たちや叔父を見慣れているため、薫の美貌《びぼう》にもさほど感銘は受けていない。

美貌の半陽鬼《はんようき》は卓也の前で立ち止まり、その目を見下ろした。「おまえこそ、何をしている？」と言いたげな瞳だ。

なんとなく、卓也はピンときた。

「ここに泊まってるのか？」

「そうだが」

つまらなそうな表情で、半陽鬼はボソリと答える。

(すげぇリッチっつーか……相変わらずだな)

十代前半から、年上の情人たちに連れられて高級リゾートホテルや一流の料亭で豪遊していたせいか、薫はあたりまえのように高級ホテルに足を踏み入れる。

ホテル側も、これほどの美貌《びぼう》の持ち主を粗略にあつかうはずもなく、薫は常に最上のサービスを当然のように受けてきた。

おそらく、卓也が泊まっているような庶民的な保養施設は薫の眼中にないに違いない。

二人の蜜月《みつげつ》がつづいていたあいだは、卓也も薫と一緒に高級ホテルに出入りしていたのだが、卓也のほうは身分不相応という気がして、ずっと落ち着かなかった。

(まさか、女連れじゃねぇよな)

チラと頭の隅を不愉快な思考がかすめる。

「箱根になんの用だ？」

言いながら、卓也は募るもどかしさを嚙《か》みしめていた。

本当は、こんなことを話したいわけではない。

久しぶりに会った恋人同士なのだ。

普通だったら、駆けよって抱きあってもおかしくない。いや、同性同士なので人前ではそれなりに取り繕うとしても、さり気なく触れあったり、甘い言葉をかわしたりするくらいはするだろう。

それなのに、この距離感はなんだろう。

どうして、こんなふうによそよそしい会話をしなくてはならないのか。

(薫……オレのこと、嫌いになっちまったのか？)

訊《き》きたいけれど、怖くてとても訊けない。

「任務だ」

面倒臭そうに、薫は答える。

「任務……？　オレもそうだぞ。……泊まってるの、ここじゃねぇけど」

（なんだ。それなら、女連れじゃねえか。……って、なんで、オレがそんなこと考えなきゃなんねぇんだよ？　こいつとつきあってんの、オレのはずだぞ）

卓也は、唇を噛《か》んだ。

気まずい沈黙がある。

「入るのか、やめるのかどっちだ？」

薫が、ティーラウンジを目で示す。

いつの間にか、入り口の横に黒いベストとズボンに白いシャツという格好の老ウエイターが笑顔で立っていた。英国人の執事を思わせる渋い老人だ。

老ウエイターは、二人が心を決めるのを待っているらしい。薫の魔的なまでの美貌《びぼう》を目《ま》の当たりにしても、動揺したふうがないのはさすがと言うべきか。

「あ……ああ。入るよ。待ち合わせしてるし」

「誰とだ？」

無表情に、薫が尋ねる。

「叔父さんと……えっと、もしかしたら、後で鬼道界《きどうかい》から来た使者の鬼も合流するかもしんねえんだけど」

鬼という言葉を耳にして、薫は卓也の顔をチラと見た。

半陽鬼《はんようき》は、内心、卓也のまわりで鬼がうろうろしていることが気に入らなかった。しかし、そんなことはおくびにも出さない。

卓也に「ついてこい」と言いたげな流し目をくれ、先に立ってティーラウンジに入ってゆく。

ウエイターが丁重に薫を迎え、奥まった席に案内しようとする。

（オレも入っていいのかな）

卓也は、少しためらった。

薫が紫のスーツの肩ごしに振り返り、「早く入れ」ともう一度、目で促す。

どうやら、一緒にお茶をすることになりそうだ。

「ここ……おまえの奢《おご》りだよな？」

薫の後を追いかけながら、小声で確認すると、美貌《びぼう》の半陽鬼は迷惑そうな目をした。

「年上のくせに、たかる気か」

無感動な声が、ボソリと呟《つぶや》く。

「なんだと……⁉　たかるってのは人聞きが悪《わ》りぃぞ！　おまえが誘ったんだから、おまえが出せよ！」

（オレの小遣い、少ねえの知ってるくせに！）

同じ十代の退魔師でも、薫はゴールドカードを何枚も持っている。卓也と違って、自分の退魔報酬を自由に使えるからだ。

それなのに、たった一歳年上というだけで、卓也が奢《おご》るのが当然と思っているふしがある。

奢らされるほうとしては、納得がいかない。

「俺は誘っていない」

「じゃあ、別々に座るか？」

卓也はムスッとして言い返し、踵《きびす》をかえした。その腕を白い手がつかむ。

恋人の指先の感覚にドキリとして、見あげると、無感動な漆黒《しっこく》の瞳《ひとみ》がこちらを見下ろしていた。「行くな」と言いたげな気配が伝わってくる。

（なんだよ。結局、誘ってんじゃねえか）

卓也は、胸のなかでため息をついた。

（素直じゃねえんだから）

「おまえの奢りで決定な」

もう一度、えらそうに言うと、薫は憮然《ぶぜん》とした目つきになり、卓也の耳もとに唇をよせてきた。

耳朶《みみたぶ》に恋人の吐息を感じ、卓也の背筋に妖《あや》しい震えが走った。

（薫……）

肌が熱くなり、胸の鼓動が速くなる。

（ダメだ、薫……こんなとこで……）

そう思った時だった。

蠱惑的《こわくてき》な声が、そっとささやいた。

「割り勘にしないか？」

＊　　＊

（薫のバカ野郎）

卓也はムスッとしたまま、いちばん安い紅茶をすすっていた。

白いテーブルクロスのむこう側には、いちばん高い紅茶のティーカップが置かれ、幻のように美しい影がひっそりと座っている。

テーブルの上には、銀のミルクピッチャーとシュガーポット、それにお湯を入れた小さな銀のポットが置かれていた。

「おまえの依頼も、黒鉄王の件か？」

　ボソリと薫が尋ねてくる。

　無表情なので、顔だけ見ると何を考えているのかわからないが、機嫌は悪くないらしい。

(え？　黒鉄王の件？)

　卓也は目を見開き、まじまじと薫の白い顔を見つめた。

「そうだけど……『おまえの依頼も』って？　まさか、おまえも黒鉄の件で箱根に来たのか？」

「そうだが」

　事もなげに、薫は答える。

「ええっ!?　なんで、そっちにも依頼がいくんだよ？　七曜会からダブルブッキングか？」

(同じ件で二方面に依頼って、なんだよ？)

「いらんお節介をする奴がいるらしい」

　薫の口もとに、苦笑めいたものが漂った。

「お節介……？　なんだよ、それ？」

　薫は「わからなければいい」と言いたげな目をし、窓の外に視線をむけた。

「なんだよ、おまえ……」

自分でも意識しなかったが、卓也の声に不機嫌さが滲《にじ》みでる。

(感じ悪《わ》りぃ……)

実のところ、七曜会は当初、今回の任務を薫と卓也の二人に依頼しようとしていたのだ。

二人はすでに相棒ではないが、過去に卓也と薫のペアはいくつもの困難な任務を遂行してきた。

実績からいっても、任務の内容からいっても、二人に白羽の矢を立てるのは自然なことである。

しかし、二人を引き離しておきたい勢力が七曜会に圧力をかけたため、依頼は筒井家だけに行われた。

だが、さらに別の勢力が筒井家とは別に、薫にも任務の話を持ちかけた。その背後にいるのは、七曜会の会長、伊集院雪之介《いじゅういんゆきのすけ》である。

雪之介は卓也と薫の関係を知っており、二人に好意を持っている。また、雪之介の曾孫《ひまご》が卓也の高校時代の応援団の団長だったという縁もあった。

雪之介は、この機会に卓也と薫を仲直りさせようと思ったらしい。

(よけいな真似《まね》をする)

薫は胸のなかで、そう呟《つぶや》いていた。

（なんだよ？　こいつ……）

卓也は、眉根《まゆね》をよせた。

「また、説明なしかよ。おまえが考えてることなんか、オレにはわかんねえ。言わなきゃ伝わるわけねぇんだよ。一人だけでわかって、一人で納得して、オレの気持ちは置き去りか……!?」

恋人とむかいあったとたん、胸の奥底に押し込めていた想《おも》いが噴きあがってくる。つらかった。切なかった。悲しくて、苦しくて、ずっとずっと不安だった。

触れあえる距離にいるのに、薫が遠い。

「卓也」

半陽鬼《はんようき》の白い手がすっとのびてきて、卓也の手の甲に触れる。

まるで、なだめるような仕草だ。

（薫……）

卓也は唇を噛《か》みしめ、薫の手をふりはらった。

パシッ……！

力は入れていなかったが、半陽鬼が美しい漆黒《しっこく》の目を見開く気配があった。

亀裂《きれつ》が入る。離れかけていた心に、さらに深い亀裂が。

わかっていたけれど、卓也には自分を止められなかった。

(やっちまった……)

夏だというのに、全身が冷えきり、唇が震えだす。

(薫は行っちまう。オレをおいて……)

予想どおりに、半陽鬼《はんようき》が音もなく立ちあがる。それを目の隅で捉《とら》えながら、卓也はうつむき、ジーンズの膝《ひざ》の上で両手を握りしめていた。

(薫……)

いったい、何を間違えて、こんなことになってしまったのだろう。

あんなにも愛しあっていた二人だったのに。

「少し落ち着け」

ボソリと言うと、半陽鬼は音もなく隣の椅子《いす》に移動してきた。

(え……?)

「今は任務の話だろう」

穏やかに諭《さと》されて、卓也はカッとなった。

何が腹立たしいのかわからない。薫が年下のくせに、自分より大人なことか。それとも、正面きって自分の言葉を受け止めずに逃げたことか。相変わらず、薫の言葉が足りないことか。

あるいは、そのぜんぶだったかもしれない。

「おまえと組んでる仕事じゃねぇだろ」

「だが、同じ目的のために働いている」

「協力しろってことか？」

薫の目を見、低く尋ねると、美貌《びぼう》の半陽鬼《はんようき》はかすかに笑ったようだった。

その笑顔は相変わらず綺麗《きれい》で、見ていると胸が痛んだ。

こんなにも時を重ねて遠くまで来てしまったのに、まだ好きだと思い知らされる。

「もしも、あの男が反対しなければだが」

「あの男？」

卓也は首をかしげた。その時、薫が目で卓也の背後を示した。

（ん？）

振り返ると、そこには渡辺聖司が立っていた。いつもの白い狩衣姿《かりぎぬすがた》ではなく、グレーのスーツと白い綿シャツを着ている。ネクタイはしていなかった。

服装はまともだが、背中まである長い黒髪がかなり怪しい雰囲気を漂わせている。少なくとも、堅気には見えない。

（うわ……。「あの男」って、叔父さんのことかよ……！）

「叔父さん……」

思わず、卓也は腰を浮かせた。

疚《やま》しいことをしているつもりはないのだが、ついコソコソしてしまう。

この叔父が、薫と自分のことを快く思っていないことを知っているせいだ。

薫は、素知らぬ顔で窓の外に視線をむけた。

聖司は無表情に甥《おい》っ子《こ》と半陽鬼《はんようき》を見下ろし、二人の反対側の席に腰を下ろした。

「君も来ていたとは知りませんでした、薫君」

聖司の言葉に、ようやく薫は視線をそちらにむけた。無言で、目礼をかえす。

「元気そうで何よりです。お仕事はいかがですか？」

聖司は、笑顔で白々しい社交辞令を口にする。

「順調だ」

無感動な声が、ボソリと答える。

（薫……相変わらず、態度悪《わ》りぃな……）

卓也は心のなかで、ため息をついている。

薫はもともと無愛想《ぶあいそ》で、他人に関心を持たず、人を人とも思わない態度をとることが多い。だが、退魔師としての実力を認めた相手にはきちんとした対応をするはずだった。

一流の退魔師として認めているはずの聖司に対して、あえてこんな態度をとるのは、聖司の言動に刺《とげ》があるせいだろう。

薫もまた、卓也の叔父のことを快く思っていないのだ。

「で、どうして君がここにいるんですか？」

聖司は声には出さなかったが、心のなかで「この泥棒猫が」とつけ加えているのは間違いない。

「黒鉄王の捜索だ」

「ほう……。七曜会は、君にも依頼を出しましたか」

薫は、小さくうなずいてみせる。

(なんか……息苦しい……)

卓也は二人を交互に見ながら、何度も深呼吸していた。

「七曜会としては、本来ならば卓也君と君のペアで依頼したかったようですね。でも、ペアは解消されている。だから、こんな変則的な形になったのでしょう」

穏やかな口調で、聖司は言う。

(俺と卓也を引き離しておきたいのは、筒井家か？　それとも、おまえか？)

薫は、腹のなかで思っている。

その想《おも》いを読みとったように、聖司はニッコリした。

(別々になったのは、私が反対したせいだと思っていますね。あいにくですが、そこまで狭量《きょうりょう》じゃありませんよ。なるべくならば、このまま疎遠になってくれるとうれしいとは

思っていますが)

「個別に依頼されたといっても、私たちの目的は同じです。できるところは協力してやっていきましょう」

　薫は、優美な仕草で紫のスーツの肩をすくめた。

「もちろん、そのつもりだ」

　複雑な思惑を秘めた沈黙は、息苦しさをいっそう強める。

(なんだかなあ……。なんで、叔父さんと薫って、こんななんだろう)

　原因が自分にあるということは、考えたくない卓也だった。

「それで、鬼道界《きどうかい》から来た使者というのは何者だ?」

　ウエイターが聖司のオーダーを聞いて席を離れた後、さり気なく、薫が尋ねる。

　おそらく、それがいちばん訊《き》きたかったことに違いない。

　聖司が、ニッコリと微笑《ほほえ》む。

「多々羅殿ですか。鬼道界の貴族の出らしいですね。両目が〈竜眼《りゅうがん》〉です。めずらしいでしょう」

「〈竜眼〉? 代々、〈竜眼〉を出している一族がむこうにいたが、貴族ではないはずだ」

　薫は、眉根《まゆね》をよせた。

「そう。貴族では稀《まれ》でしょうね。たぶん、肩身の狭い思いをして育ったのだと思いますよ。鬼道界《きどうかい》も異端者に厳しいところですからね」

聖司の言葉に、薫は何も応《こた》えない。

またしても気まずい空気が流れる。

「えっと……あの……叔父さん、情報収集行ってたんだよね。何かわかったか？」

慌てて、卓也は話題を変えた。

聖司が甥《おい》っ子《こ》のほうに視線をむけた。薫を見る時とは別人のような優しい瞳《ひとみ》だ。

「黒鉄王は、箱根の山を下から上に移動しているようですよ。おそらく、大地の〈気〉が強いところを見つけて、そこで傷を癒《いや》すつもりなのでしょう」

「大地の〈気〉が強いところ……？　そんなやりかたで、傷を治せるのか？」

「鬼は、人間よりも自然に近い存在ですからね。大地の〈気〉を利用して、己の〈気〉を活性化するのではないでしょうか。我々、術者も術を使うのに適した土地を選びますよね。それと同じことだと思います」

「そっか……。で、大地の〈気〉が強い場所ってどこかわかるか？」

「鬼孔《きこう》……でしょうかね」

聖司はポツリと呟《つぶや》いた。

（え……？）

卓也は、アーモンド形の目を見開いた。

鬼孔《きこう》という言葉には聞き覚えがあった。しかし、具体的にどんなものかはもう覚えていない。

(なんだっけ？　だいぶ前の任務で、オレと薫が壊したやつだよな)

「卓也君も覚えていると思いますが、鬼孔というのは自然のエネルギーが集まっているところで、人間界にある風水上のポイントのことですよ。鬼の世界のものですから、人間の世界の風水とは違いますが。この鬼孔を鬼に攻撃されると、人間界は大きなダメージを受けます。また、やりかたによっては、鬼孔から鬼道界《きどうかい》への通路を開くこともできます。ですから、以前の任務で、君たちには鬼が狙《ねら》っている鬼孔を破壊してもらいました」

静かな声で、聖司が言う。

「あ……そっか。自然のエネルギーが集まってる場所なんだ。……それが箱根にもあったのか？」

それは、卓也にとっても初耳だ。

「古い鬼孔ですけれどね。たしか、数十年前に破壊されて、今は痕跡《こんせき》しか残っていないはずです」

「そっか……。じゃあ、今は使えねえのか？」

「ええ。でも、黒鉄王の妖力《ようりょく》があれば、あるいは鬼孔を復活させることもできるのかもしれません」

「鬼孔《きこう》の復活か……。その古い鬼孔に行ってみれば、何か手がかりがつかめるのかな」

「そうですね。ただし、前と同じ位置にはないと思いますよ。おそらく、数十年のあいだに位置も変わっているはずです」

「えー？　位置も変わってるって……。それじゃ、どうするんだよ？」

「明日、多々羅殿が我々をその場所へ連れていってくれるそうです」

「多々羅さんが？」

「ええ。今は、森のなかで精神集中して遠見《とおみ》の力を使う準備をしています。今夜、〈竜眼〉で黒鉄王の居所や鬼孔の正確な位置を探るそうです。明日の八時には宿を出ますよ。そのつもりで早起きしてくださいね」

「はい……」

卓也は熱い紅茶をすすり、ため息をついた。

せっかく、豪華なティーラウンジに来たのだから、ローストビーフのサンドイッチやスコーンを頼んで優雅なお茶の時間を楽しみたかったのに、それどころではなくなってしまった。

ハブとマングースの間に座らされたように居心地が悪いし、叔父も薫も早々にこの場を立ち去りたそうな様子だ。

（自家製ケーキとか食いたかったのにな……。なんで、オレ、こんな目にあうんだろう）

恨めしげに他の席に置かれた食べ物の皿をながめる卓也は、薫の視線が自分にそそがれているのには気づかなかった。

＊　　＊

ポチャン……。

露天風呂《ろてんぶろ》の湯が揺れる。

夜だった。

卓也はぼんやりと温泉に浸《つ》かりながら、夜空を見上げていた。

岩に囲まれた湯船のなかには柱が立てられ、柱の上には傘のような形の木の屋根がついている。

むきだしの黒っぽい梁《はり》から吊《つ》り下《さ》げられたランプが、あたりをぼーっとオレンジ色に照らしだしていた。

ランプの光が届かないところは、闇《やみ》が濃い。

屋根のむこうに広がるのは、深い夜だ。

いつも薄明るい東京の夜空とは、なんという違いだろう。

本物の暗闇が地を覆い、天には無数の星々が鮮やかに煌《きら》めいている。

吹き過ぎる風もヒートアイランド現象が嘘《うそ》のような涼しさで、上気した肌を心地よく冷ましてくれる。

贅沢《ぜいたく》な環境で、のんびりとくつろいでいるのだから、幸せな気分になってもよさそうなものだった。

それなのに、卓也の表情はパッとしない。

(叔父さんのバカ……)

薫と別れて宿に戻ってくると、叔父は地元の七曜会関係者たちと話があると言って、さっさと出かけてしまい、卓也だけが部屋にとり残された。

突き出し、刺身、天麩羅《てんぷら》、鍋物《なべもの》……とつづく旅館の典型的な夕食を一人で食べるのは寂しかった。

日頃から、両親と叔父と六人の姉たちにとり囲まれ、賑《にぎ》やかに暮らしているせいか、まわりに誰もいないという状況にはどうしてもなじめない。

この七曜会の保養施設に泊まっているのは、今のところ、自分と叔父と多々羅、それに四国支部の女性職員の三人連れだけだという。

そのせいか、廊下もシンと静まりかえっているし、売店やロビーも人気《ひとけ》がなく、ひっそりとしている。

聖司が夜も自分の帰りを待たないで、先に寝ていいと言って出かけたので、よけいに卓也はシュンとしていた。

（そんな遅くまで帰ってこない気なんだ……）

自宅で一人ならば、いくらでもすることがあるのだが、旅先で放《ほう》っておかれると、手持ち無沙汰《ぶさた》なだけにいっそう寂寥感《せきりようかん》が身に染《し》みた。

竹の塀で仕切られた露天風呂《ろてんぶろ》に浸《つ》かってみたが、あまりうれしくない。

することがないので、露天風呂の女湯のほうも、人の気配がしなかった。

（寂しいなあ）

心の底から、ため息をついた時だった。

目の前の岩の上に、パッと紫の狩衣《かりぎぬ》の童子が現れた。藤丸《ふじまる》だ。

「チビ……」

（なんで出るんだよ）

藤丸は自分の式神《しきがみ》ではあるのだが、気をぬいていると勝手に出てきて、そのへんをふわふわしていることがよくある。

聖司には「まだ制御しきれていないんですか。困りましたねえ。ふふふ」などと言われている。

童子は岩の上に立ち、無表情のまま、卓也をじーっと見下ろしている。

その目つきが、よく似た誰かを思い出させて、卓也は思わず頬《ほお》を赤らめた。なんとなく、童子の黒い瞳《ひとみ》が微妙なところに焦点をあわせているような気がする。

あくまで、気のせいだとわかっていたが、卓也は落ち着かない。

「バカ野郎……！　そんなに見るんじゃねーよ！　すけべ！」

（……って、式神《しきがみ》相手に何言ってんだろう、オレ。アホだ）

ちゃぽんと湯に首まで浸《つ》かり、卓也は星の輝く夜空を見あげた。

この後、寝るまで、どうしていいのかわからない。

一人でテレビを観《み》るのも寂しいだろう。

せめて、雑誌かマンガでも買ってくればよかったのだが、任務で忙しいと思って、何も持ってきていなかった。

（部屋に戻って、携帯メールでもするかなあ。でも、電波届いてんのか、このへん……。コンビニも遠いだろうしなあ。ネットカフェもねぇだろうし）

ぼんやり考えていると、藤丸が小首をかしげ、その場にちょこんと座った。姉たちがこんな愛らしい仕草を見たら、大騒ぎするに違いない。

しかし、その姉たちも今は遠いところにいる。

（姉ちゃんたち、どうしてるかなあ。今頃、みんなでテレビ観てるかな……）

思い出すと、また寂しくなって、卓也は深いため息をついた。

（あーあ……）

「おまえも入るか？」

式神《しきがみ》にむかって手をさしだすと、藤丸はいやいやしてみせる。

「なんだよ。オレの式神のくせに、わがまま言いやがって」

卓也は、眉根《まゆね》をよせた。

サヤサヤと風が鳴った。

山の露天風呂《ろてんぶろ》で、ランプの明かりの下に座る紫衣《しえ》の童子の姿は幻想的で、何かの古い物語のなかからぬけでてきたように思われる。

(なんか変なの。チビと一緒に温泉来てるなんてなあ)

思えば、箱根に来ていること自体、不思議だった。

(先のことはわかんねぇよな……)

湯に顎《あご》まで浸《つ》かって、ぼんやりと夜空をながめてみたが、どうにも寂しくてたまらない。

空元気《からげんき》を出して露天風呂を端から端まで泳いでみたり、潜ってみた後、ふと卓也は悪戯心《いたずらごころ》をおこした。

(そうだ。こいつの形を変えたら、どうなるかな。変えられるはずだよな。オレが作った式神だもんな)

だが、どんな格好にすればいいのだろう。

(ボンキュッボンッの美女とか？　……バカみてぇだな、オレ。じゃあ、もうちょっと成長させて、薫みてえにしたら？　しかも、すっぽんぽんとか？　超バカだ……オレ。マジで頭腐ってる)

あらぬことを想像して、卓也は耳まで赤くなった。

藤丸が咎《とが》めるような目つきで、そんな卓也を見下ろしている。

「なんだよ。文句あんのか。オレがご主人さまだぞ！」

(よーし、レッツトライ！)

面白くなってきて、卓也は露天風呂《ろてんぶろ》の真ん中で立ちあがった。それから、自分の格好を見て、ちょっと考え、もう一度、しゃがみこむ。

チャプンと湯が揺れ、水面に銀色の波紋が広がった。

「いくぜ、チビ！　覚悟しろ！」

印《いん》を結び、精神集中しはじめる。

藤丸の身体《からだ》の輪郭がぼやけ、ゆらゆらと揺らめきだす。

(よし……いいぞ)

望む形にしようと思念を凝らす。

しかし、どういうわけか、式神《しきがみ》は卓也の思いどおりの形にはならず、しだいに半透明になり、薄れていこうとする。

（ええっ⁉　なんでだよ⁉）

慌てて呪文《じゅもん》を唱えてみたが、もとの藤丸の姿にさえ戻らない。

「急々如律令《きゅうきゅうにょりつりょう》！」

（やべえ……。消えちまう。そんなはずねえのに）

焦《あせ》って、次々に印《いん》を結んでいると、背後から誰かの白い手がすっとのびてきて、卓也の手に重なった。

（え……⁉）

懐《なつ》かしい〈気〉が流れこんできて、卓也の霊気と混じりあう。

そのとたん、式神《しきがみ》の輪郭がはっきりし、再び藤丸の姿に戻った。

（戻った……。よかった。……っていうか、後ろにいるの……）

卓也はゴクリと唾《つば》を呑《の》みこみ、恐る恐る後ろを振り返った。

そこには、一糸まとわぬ美貌《びぼう》の半陽鬼《はんようき》がいた。湯から出た白い肩と長い首が艶《なま》めかしい。

妖艶《ようえん》な漆黒《しっこく》の瞳《ひとみ》が、卓也自身の姿を映している。

かすかに、藤《ふじ》の花の香りがしたようだった。

「ぎゃーっ！」

（出たーっ！）

悲鳴をあげ、卓也は露天風呂《ろてんぶろ》から逃げようとした。

しかし、慌てていたので、足を滑らせ、湯のなかに倒れこむ。

どぼん！

「うわあああーっ！」

（おーぼーれるぅー！　ぎゃー！）

ジタバタする卓也を抱えあげてくれた腕が、そのまま、彼をギュッと抱きしめる。

卓也は頭から湯を滴《したた》らせ、背後から抱きすくめられた格好のまま呆然《ぼうぜん》としていた。

温かな素肌が密着している。

（嘘《うそ》……。マジ……⁉）

「大丈夫か？」

ボソリと耳もとにささやく声がする。

「なっ……何しに来たんだよっ⁉　なんで、ここの風呂に入ってるんだよ⁉　おまえの宿、ここじゃねえだろ！」

全身を硬直させた卓也のうなじに、びろうどのような唇がそっと触れた。

「式神《しきがみ》を玩具《おもちゃ》にするのはやめろ」

叱責《しっせき》するような口調で言われ、卓也は「えーと」と口ごもった。

（おまえ、言ってることとやってることがあってねえ！）

しなやかな指が、少年の薄い胸を撫《な》であげる。

卓也の背筋に妖《あや》しい震えが走った。

（や……）

「薫……なんで……」

何をしに来たのかなどと訊《き》くのも野暮《やぼ》なほど、その目的はあきらかだ。

「ちょっと待てよ！　た……助けてもらったのはありがてえけど、これは違うだろう！」

（昼間、あんな態度とったくせに、夜になったら夜這《よば》いかけるのかよ……！　おまえの気持ちがわかんねーよ！）

「やめろよ……！」

薫の手を押さえつけ、できるだけ、きっぱりと言おうとしたのに、なんだか声が震える。

「こんなの卑怯《ひきょう》だ。なんで、こんなことするんだよ……!?」

「理由がいるのか？」

耳もとにささやく声もまた、愛撫《あいぶ》のように甘かった。

「いる！　百字以内で言え！」

薫は、「おまえに会いたかった」と言いたげな目をする。

「目だけじゃダメだ！　ちゃんと言葉で言え！」

わざと声をはりあげると、かすかに笑う気配がして、湯のなかで恋人にしか許さない部分にするりと指が滑りこんできた。

「やっ……！」

それは、まるで「言葉より、身体《からだ》で説明してやろう」と言わんばかりの態度だ。

「やめっ……ちょっと！　ダメ……そこ……」

(変なとこ、いじるな……バカ野郎……)

「卓也」

うなじに触れた唇が、裸の肩のあたりに移動してくる。

おなじみのゾクゾクするような感覚が、卓也の肌を熱くする。

(やべ……。押し切られちまう)

卓也は焦《あせ》って、薫の手首をつかみ、そこから引き離そうとする。

しかし、半陽鬼《はんようき》の腕はびくともしない。

指先がいやらしく動く。

卓也の顎《あご》が、わずかに仰向《あおむ》く。

「……っ……ん……やだ……」

(露天風呂《ろてんぶろ》でする気かよ⁉　冗談……！)

「嫌なのか？」

耳朶《みみたぶ》を甘噛《あまが》みし、薫はかすかに笑ったようだった。

くすぐったさに、卓也は首をすくめた。

その拍子に、岩の上にちょこんと座った藤丸と目があう。式神《しきがみ》は無表情のままだ。

(げっ)

「やべえ……。薫、チビが見てる！　ダメだ！　ダメって！」

今度のダメ出しは、かなり本気だ。

背後で、半陽鬼《はんようき》がため息をついたようだった。

数秒後、脱衣所の引き戸と内風呂《うちぶろ》に通じるガラス戸が、ガラガラと音をたてて開く音がした。

(ん？)

つづいて、保養施設の名前が入った白いバスタオルがふわふわと飛んできて、藤丸の頭の上からふわりとかかった。

半陽鬼ならではの力——念動力だ。

(おまえ……そーゆーことに力使うか？)

卓也もまた、ため息をつき、心のなかで「消えろ」と念じる。

狩衣姿《かりぎぬすがた》の童子は、ふっと消えた。童子がかぶっていた白いバスタオルが、湯船の外にばさっと落ちる。

たのだ。
（よかった）
実は、念じる前に、思いどおりにならなかったらどうしようと、一瞬、不安になってい
しかし、今回は藤丸も卓也の命令に従ってくれた。
「消えたな」
背後で、ボソリと呟《つぶや》く声がする。
卓也には、薫が背後で満足しきった猫のような顔をしているのがはっきりわかった。
（この野郎。チビがいなくなったから、好き勝手できると思ってるだろう……！）
卓也は首をひねり、薫の美しい顔を振り返った。
間近にある漆黒《しっこく》の瞳《ひとみ》は、相変わらず無感動で、その奥にある感情は読みとりがたい。
それでも、見つめているうちに、薫の想《おも》いが伝わってくるような気がする。
（ああ、そうか……。こいつも寂しいんだ……）
ふっと怒りがやわらいだ。
それを見てとったように、薫の眼差《まなざ》しが優しくなる。
「卓也」
切なげな声が、彼の名を呼ぶ。
他の誰もが呼びえない口調で。

今は鬼の愛の言葉も、人の愛の言葉も語れない半陽鬼《はんようき》が、すべての想いをこめて、ただ卓也の名を呼ぶ。

(薫……)

「なんだよ……バカ野郎」

薫が身じろぎすると、ほのかに藤《ふじ》の花の香りがした。

(ああ、この匂《にお》いだ……)

懐《なつ》かしさと愛《いと》しさで、目眩《めまい》のようなものを感じる。

二人がこんなにぎくしゃくせず、あの蜜月《みつげつ》がずっとつづいていればよかったのに。

幸せなのか、悲しいのか、自分でもわからない。

「ずっと会いたかったのに……」

呟《つぶや》いた卓也の頬《ほお》に、薫の頬がすっと押しあてられる。

たったそれだけの仕草で、卓也の胸の鼓動が跳ね上がった。

薫の肌の感触だけで、達《い》ってしまいそうだ。

半陽鬼は、恋人のうなじに軽く唇を滑らせ、その肌の匂いをたしかめるように息を吸いこんだ。

くすぐったさに、卓也は首をすくめた。

そのあいだにも、薫の指は湯のなかで淫《みだ》らに蠢《うごめ》いている。

「や……だ……」

触れられるたびに、身体《からだ》から力がぬけていく。

膝《ひざ》がガクガク震えていた。

何か月ものあいだ、放《ほう》っておかれた身体は、たったこれだけの刺激でも恥ずかしいほど反応してしまう。

（バカは、オレだ……）

ここ数か月、あんなにつらい思いをさせられたのに、薫を責める言葉が出てこない。

心のどこかでは冷静に、こんな勝手な行為は拒まなければと思うのに、身体がそれを裏切る。

「なんで……ずっと放っておいたりしたんだよ……？」

（捨てられたかと思った）

残りの言葉は、口にはだせない。

けれども、半陽鬼《はんようき》は卓也の想《おも》いを読みとったのか、切なげな目になった。

薫も、卓也のことを放っておきたくて放っておいたわけではない。

できるならば、一瞬も離れず、三百六十五日、ずっと側《そば》にいたかった。

朝も夜も卓也の肌に触れ、その甘い吐息を感じながら、抱いて抱いて、壊れるほど抱いて、互いの想《おも》いをたしかめたかった。

しかし、薫のなかに流れる鬼の血がそれを許さない。

愛《いと》しいと思えば思うほど、同じ強さで暗い欲望が湧《わ》きあがる。

喰《く》いたくて、死にそうになる。

薫は卓也と恋人関係になってからは、鬼としての欲望を押し殺し、ただひたすらに耐えようと決めていた。

この二年あまりは本能的な欲望から目をそむけ、自分を誤魔化《ごまか》しつづけてきたといっていい。

だが、己を偽りつづけていけば、いつか自分は父のような専制君主になり、とりかえしがつかないほど卓也の心を傷つけてしまうのではないか。

喰わずに耐えていることを錦《にしき》の御旗《みはた》にして、卓也の罪悪感につけいり、喰い殺すよりもひどいことをしてしまうのではないか。

それが怖くて、距離を置いたのだ。

けれども、今日の昼間、久しぶりに間近で見た卓也の懐《なつ》かしい姿が薫の自制心を打ち砕いた。

愛しさと鬼の本能は入り交じり、薫自身にもどれがどれなのかわからない。

それでも、薫はかろうじて己の欲望に手綱《たづな》をつけ、望む方向に走らせた。

(抱きたい)

それなら、少なくとも卓也を殺しはしないだろう。

恋人の問いに答えることはできないけれど。

「卓也」

ささやくような声で、薫はその名を呼んだ。

「好きだって言えよ……。ちゃんと言えば、許してやるから」

卓也の声に、涙が混じる。

半陽鬼《はんようき》は濡《ぬ》れた白い指で恋人の頬《ほお》を包みこみ、薄く開いた花びらのような唇に唇をあわせた。

卓也の肩が、かすかに震えた。

ほっそりした身体《からだ》から力がぬけ、陽《ひ》に焼けた両腕が宙を泳ぐ。

薫の腕が少年の腰を抱えこみ、強く抱きよせた。

最初、触れあうだけだった口づけは、しだいに情熱的になってゆく。

「…………」

薫は聞こえるか聞こえないかの声で、卓也の望む言葉をささやいた。

いつか嘘《うそ》になってしまうかもしれない。

それでも、今は卓也が望むならば。

「薫……！」

（オレのこと……嫌いになっちまったかと思った……）
卓也の頰《ほお》につっ……と透明な涙が伝った。
薫の指がその涙を拭《ぬぐ》い去《さ》り、仰向かせた顔にキスの雨を降らせる。
卓也も、薫の首に両腕をまきつけた。
ずっと、こうして触れあいたかった。
（夢みてえだ）
今だけ、あの幸せだった日々が戻ってきたような錯覚をおこす。
恋人たちはもう一度、唇をあわせようとした。
その時、竹の塀のむこうで、ガラガラとガラス戸が開く音がした。
（え……？）
何人かの女の歓声が響きわたり、女湯のほうで水音があがった。
「すごーい！　露天風呂《ろてんぶろ》ー！」
「いいねえ、ここ！」
夜空に楽しげな声が立ち上る。
（げっ……。隣、入ってきちまったよ）
卓也は身を強《こわ》ばらせ、薫から離れようとした。
しかし、半陽鬼《はんようき》はそれを許さない。

「ちょっと……！　何考えてんだよ⁉」

声をひそめてささやくと、薫は意地の悪い笑みを口もとに浮かべた。

「おまえが悪い」

「オレが悪いって……なんだよ⁉　意味わかんねぇよ……！　あ……ちょっと……やぁっ……」

卓也は慌てて左手で口を押さえ、目を見開いた。

油断した隙《すき》に、しなやかな指が蕾《つぼみ》を割り、奥に滑りこんできたのだ。

湯のなかでいじられると、無意識に腰が動く。

羞恥《しゅうち》に卓也の頰《ほお》が真っ赤に染まった。

「やめろよ……隣に人がいるんだぞ」

半陽鬼《はんようき》は「それがどうした」と言いたげな目をした。

いっそう激しく嬲《なぶ》られ、卓也の肩がびくんと震えた。

(ダメだ。オレ……こんなことされたら……)

吐息が荒くなる。

「綺麗《きれい》だ」

かすかな呟《つぶや》きとともに、薫の舌が鎖骨をなぞり、むきだしの肩から首筋に移動してゆく。

卓也の背筋に妖《あや》しい震えが走った。

「ダメ……」

懸命に半陽鬼《はんようき》の頭を押しやっても、薫は愛撫《あいぶ》をやめようとしない。

女湯のほうから、水音が聞こえてくる。

(絶対やばいって……。泊まってる男、オレと叔父さんと多々羅さんしかいねぇんだから)

懸命に自分の口を押さえ、声を殺していても、今にも恥ずかしい声がもれそうだ。

その喉《のど》も胸も肩も、玉のような汗を滲《にじ》ませている。

苦しげにひそめた眉《まゆ》と薄く開いた唇は、本人には自覚はなかったが、ふるいつきたくなるほど艶《なま》めかしい。

卓也は無意識に薫の肩にしがみつき、その首筋に頬《ほお》を押しあてた。

耐えられなくなって、半陽鬼の裸の背に爪《つめ》をたてる。

薫は愛《いと》しげに卓也を見下ろし、指を深く突きこんできた。

「ひっ……！」

(ダメ……)

卓也の腰がビクビクと震えた。

陽《ひ》に焼けた背中が弓なりにそりかえる。

（オレ……もう……）

すでに、我慢の限界だった。

ランプの明かりに照らされた湯が揺れている。

どちらからともなく、唇が重なった。激しく貪《むさぼ》りあう。

（もう……どうなってもいい）

羞恥心《しゅうちしん》や、わずかに残っていたためらいが消えてゆく。

湯のなかで両足を広げられ、淫《みだ》らな体勢をとらされて、それに抵抗することもできない。

卓也は今にもくずおれそうな身体《からだ》を露天風呂《ろてんぶろ》の縁にもたせかけ、ゆるやかに侵入してくる恋人の熱いものを感じていた。

女湯のほうから、話し声や水音が聞こえてくるが、それはすでに卓也の耳には入らない。

湯から抱えあげられ、檜《ひのき》の板を張った洗い場に移された時も、薫のなすがままだった。

（このまま……時が止まればいい……）

上気した腕を恋人の背にまきつけ、その腰に両足をからめ、ただ淫らに欲望を貪る。

「ん……あっ……あっ……薫……」

（愛してる……）

痛みよりも、こすりあげられる快楽のほうが強い。

やがて、快楽は炎に舐《な》められるような感覚となって少年の全身を包んだ。

「や……あっ……！　ふ……うっ……あっあっあっあっ……ああっ！」

左手で自分の口を押さえ、必死に声を殺していても、薫の腰が突きこまれてくるたびに、卓也の唇から切なげなあえぎがもれる。

陶然とした表情の半陽鬼《はんようき》もまた、忘我の境地にあるようだ。

卓也を見下ろす顔はいつもの大人びたそれではなく、年齢相応の十代の少年のものになっている。

声を殺し、気配を隠して睦《むつ》みあう恋人たちを、ランプのオレンジ色の明かりが照らしだしていた。

＊　　＊

同じ頃、箱根の山のなかでは、多々羅が赤ん坊の頭ほどもある水晶の珠《たま》に右手をかざし、意識を集中させていた。

珠が置かれているのは、大きな岩の窪《くぼ》みだ。

鬼のサングラスが、虹色《にじいろ》に輝きだした。それにつれて、水晶球も赤く光りはじめる。

やがて、水晶球に黒鉄の姿が映った。

どこにいるのかははっきりしないが、血が乾いて黒くなった中国服のまま、太い松の木にもたれて座っている。目を閉じ、顔を仰向けた姿はひどく疲れて見えた。

力なく投げだされた手は、爪《つめ》まで赤黒く染まっている。

(黒鉄王……)

多々羅は唇をキッと結び、表情を硬くした。

スーツの懐《ふところ》から、白絹に包まれた〈魂《たま》の輪《わ》〉を丁寧にとりだす。

〈魂の輪〉の黒い玉は、前よりも数が増えていた。

「まだ……ご存命か」

ホッとしたように呟《つぶや》くと、多々羅は〈魂の輪〉を大事そうにしまった。

――よろしゅうございましたな、若。

少し離れたところから、蝦蟇《がま》――車骨《しゃこつ》が呼びかける。

「ああ」

多々羅が答えた時だった。サングラスの虹色《にじいろ》の輝きが強くなる。

水晶球に映る黒鉄の姿が、無数の光の乱舞のむこうに消えてゆく。

「む……」

ふいに、多々羅の唇から小さな声がもれた。

水晶球にノイズのようなものが走ったかと思うと、何か肌色のものが映ったのだ。

「これは……。とんだものが映ったな」

苦笑した多々羅は、今までと違った熱心さで水晶球をのぞきこんだ。

——ほう？　なんでございましょうか。

蝦蟇《がま》が、ゴソゴソと前に出た。

しかし、よく見えないとみるや、ピョンと跳びあがる。

空中で、その身体《からだ》が淡く光ったかと思うと、子供のように小柄な老人に変わった。

身につけているのは、灰色の中国服とズボンだ。ざんばらの白髪頭《しらがあたま》からは、黒い小さな角が二本生えていた。

これが、車骨の鬼としての本当の姿である。見慣れているのか、多々羅も驚かない。

「爺《じい》にも見せてくだされ」

軽い音をたてて地面に着地した鬼は、多々羅の横からのびあがり、水晶球をのぞきこんだ。

水晶球に映っているのは、裸でからみあう二人の少年——卓也と薫である。

車骨は「ほう……これはこれは」と呟《つぶや》いたきり、食い入るように水晶球を見つめた。

多々羅もまた、水晶球のなかの光景に目を奪われているようだった。

「卓也殿……。なんと美しい」

陶然としたような呟《つぶや》きがもれる。

「おお、激しゅうございますな。……まさか、あの人間と薄汚い半陽鬼《はんようき》ができておったとは思いませなんだ。あれ……あのようなことを……なんと、いかがわしい」

老人は、片手で口もとを押さえた。その手の下から、つっ……と鼻血が流れだす。

「爺《じい》、鼻血が出ておるぞ」

「し……失礼いたしました、若。つい夢中になりまして」

慌てて布で鼻を押さえる車骨にはもうかまわず、多々羅は水晶球をじっと見つめた。

(すでに半陽鬼のものになっていたとはな)

「若、あの人間のことなど、おあきらめください。あのように、半陽鬼と乳くりあっているではありませんか」

くぐもった声で、車骨が言う。

多々羅は、それには答えなかった。だが、引き下がるつもりはないらしい。

なおも水晶球をのぞこうとする車骨を手で制し、口のなかで呪文《じゅもん》を唱える。

(残念だが、視《み》たいものはこれではないのだ)

水晶球に映るものは、再び無数の光の渦に変わる。

一見、意味不明とも思える光の乱舞だが、多々羅だけはそのなかにはっきりと何かを視てとっているらしかった。

ややあって、多々羅の唇から満足げな声がもれた。

「視《み》えた……」

＊　＊

日付が変わる頃、保養施設の庭でよりそっていた二つの影が名残惜《なごりお》しげに離れた。

「行くのか」

小声でささやいたのは、卓也だ。紺地に白で朝顔の模様の入った浴衣《ゆかた》を着ている。浴衣の首筋や胸もとには、薫がつけた薔薇色《ばらいろ》の痕《あと》がうっすらと見える。

美貌《びぼう》の半陽鬼《はんようき》は、恋人のやわらかな髪を愛《いと》しげに指でくしけずり、その額に軽く唇を押しあてた。

こちらは、いつもの紫のスーツ姿だ。艶《つや》やかな黒髪は、まだ少し湿っていた。

間もなく、聖司が戻ってくる。

その前に、薫は宿泊先の華屋ホテルに帰ろうとしていた。

「なあ……次に会った時、よそよそしくするなよ。……つきあってたのかどうか自信がなくなるような真似《まね》すんなよ。あれ、けっこう傷つくんだからな」

卓也は、薫の宝石のような黒い瞳《ひとみ》を睨《にら》みあげた。

半陽鬼《はんようき》は「わかった」と言いたげにうなずき、卓也の頬《ほお》にそっと指を滑らせた。

それから、身を翻《ひるがえ》して、闇《やみ》のむこうに消えてゆく。

一瞬、ほのかに藤《ふじ》の花の匂《にお》いがしたようだった。

見送って、卓也は小さなため息をついた。

（薫……）

半陽鬼がいなくなると、いっそう寂しくなった。

身体《からだ》の芯《しん》に残る甘い痺《しび》れとかすかな痛みが、よけい寂しさを刺激する。

ずっと側《そば》にいたら、こんな思いはしないですむのだろうか。

それとも、一緒にいても寂しくなるのだろうか。

（また二人で仕事できればいいのに）

今のような変則的な状態では、コミュニケーションも満足にとれない。

誰はばかることなく、相棒同士として肩を並べていたかった。

（何考えてんだろうなあ、オレ。任務で来てんのに、薫のことばっかりだ。……ダメじゃん）

深いため息をついて、卓也は部屋に戻った。

叔父が戻る前に、情交の痕跡《こんせき》を消しておかねばならない。

＊　＊

朝の光が、車の窓から流れこんでくる。

卓也は大欠伸《おおあくび》をし、慌てて表情を取《と》り繕《つくろ》った。ジーンズに白い綿シャツという格好だ。シャツの衿《えり》もとは、きっちり留めている。

運転席の聖司が、チラとこちらを見たようだった。今日は白い狩衣《かりぎぬ》を着ている。おかげで、すれ違う対向車の運転手がギョッとしたような顔をしていく。

だが、聖司自身は慣れているので平然とした様子だ。

「寝不足のようですね、卓也君」

「あ……いえ、大丈夫です。任務のこと考えてたら、眠れなくなって」

本当は、考えていたのは薫のことなのだが、それは口にはできない。

「そうですか。たしかに大変な任務ですが、あまり悩みすぎてもいけませんよ。寝不足になって、任務に支障をきたすのがいちばん困ります。もっとも、君も一晩や二晩の徹夜では大丈夫な年頃のはずですが。……何か特に疲れるようなことでもありましたか？」

ステアリングを握りながら、聖司が尋ねる。

（……まさか、嫌味じゃねえよな？　風呂《ふろ》にもちゃんと入ったし、薫の気配も消したし、

キスマークは隠してるし、大丈夫なはずだぞ。たぶん）

卓也は内心、ギクリとして、笑顔を作った。

「けっこう急な山道だから、歩き疲れたのかも。あと、湯あたりしちまったし」

「ほお。湯あたりするほど、いっぱいお風呂《ふろ》に入りましたか。うらやましいですねえ。私なんぞ、朝、食事前に軽く汗を流しただけですよ」

「すいません」

「いいえ、いいんですよ、卓也君。君には自由時間があったわけですからね。空いた時間をどう使うかは、君の裁量にまかされています」

（なんか、やっぱり嫌味っぽいんだよな）

通り過ぎる道の左右は、むせかえるような緑に覆われている。

ふと、卓也はあらぬことを考えた。

（こういうとこでやったら、どんな感じかな）

思ったとたん、羞恥《しゅうち》に全身がカーッと熱くなった。

（何考えてんだよ、オレは⁉　すげぇ恥ずかしい……。でも、露天風呂で……しちまったし。……って、バカ。考えるな、オレ！）

しかし、健康な青少年なので、よけいなことを考えずにはいられない。

卓也は耳まで赤くなって、それを誤魔化《ごまか》そうと、うつむいた。

（やべえ。叔父さんにバレちまう。何か言わなきゃ……！　なんでもいいから、関係ねぇこと……！）

「あのさあ、叔父さん、箱根って夏なのに涼しいと思ったけど、けっこう暑いよな。天気いいし」

焦《あせ》って口を開いたが、自分でも、しどろもどろなのがわかる。

「暑いですかね。私は涼しくて快適ですが……」

聖司が、不思議そうに言いかける。

その時、突然、車が急ブレーキをかけて止まった。卓也の身体《からだ》が、がくんと揺れる。

「うわっ！」

「大丈夫ですか、卓也君。すみませんね。道に木が倒れていて」

サイドブレーキを引きながら、聖司が申し訳なさそうに助手席の卓也を見る。

「え……あ……うん。大丈夫だけど。木って？」

窓から顔を出して、見ると、狭い道の行く手をふさぐように大きな杉の木が倒れていた。道の片側は山、片側は切り立った崖《がけ》である。これでは、車は通れない。

「嵐《あらし》かなんかで倒れたのかな」

「さあ……どうでしょう。自然の力なのか、あるいは黒鉄王と追っ手が戦った跡なのか」

聖司は車から降り、大股《おおまた》に倒木のほうに近づいていった。

卓也も、叔父の後を追いかける。

「困りましたね。この先で、多々羅殿と合流する約束なのですが。このままでは、遅れてしまいます」

狩衣《かりぎぬ》の胸の前で腕組みし、聖司は眉根《まゆね》をよせた。

「携帯かなんかで連絡したら？」

「鬼が携帯を持ってると思いますか？」

クス……と聖司が笑う。

「あ、そっか……」

そういえば、薫も携帯電話は持ち歩かない。

卓也が買って持たせたので、いちおう持ってはいるのだが、使っているところを見ためしがない。おかげで、携帯メールで連絡をとりあう夢は挫折《ざせつ》した。

それだけではない。電話自体、なかなかかけてこない。

気がむくと、アポなしで真夜中に花守《はなもり》神社の二階の窓から侵入してくるので、最初は卓也もずいぶん怒った。

しかし、今ではそういうものだとあきらめている。

(薫も文明の利器、好きじゃねえんだよな。やっぱ、半分鬼だから？　なんか、気がつくと、うちの神社の屋根の上に立ってたりするし。なんで、あんなに高いとこ好きなんだろう……)

「じゃあ、連絡とれねえじゃん。どうするんだよ、叔父さん？」

卓也の言葉に、聖司は深いため息をもらした。

「卓也君、君は我々が退魔師だということを忘れていますね」

「え？」

「式神《しきがみ》を飛ばせばいいんですよ、式神を。ホントに嘆かわしいですねえ。お父上が聞いたら、なんておっしゃるか」

あきれたような口調で言うと、聖司は狩衣《かりぎぬ》の懐《ふところ》から一枚の呪符《じゅふ》をとりだした。

(悪かったな。思いつかなくて)

少し顔をしかめると、卓也は倒木のほうに近づいていった。

もし、黒鉄が追っ手と戦った跡ならば、何か妖気《ようき》や気配が残っているはずだ。

倒木のむこうは地面が円く陥没し、あたりの草も倒れていた。崖《がけ》の端に少し歩くスペースはあるが、気をつけないと崖ごと崩れてしまいそうだ。

(これは、普通の災害じゃねえな)

卓也は、慎重に倒木を乗り越えた。

後ろで、聖司が「気をつけてくださいね、卓也君」と言っている。

「大丈夫だって」

（叔父さんはホントに心配性だな）

陥没した場所を避《よ》け、固い地面を歩くようにする。

よく見ると、周囲の木の幹にも鎌《かま》で切ったような生々しい痕《あと》が残り、鋭利な切り口の枝が落ちている。

地面に血痕《けっこん》が見えた気がして、卓也はしゃがみこんだ。

その時だった。

パラパラと小石が転がるような音がした。

（え……？）

ハッとした瞬間、陥没した地面にピシピシッと稲妻のような形の亀裂《きれつ》が走るのが見えた。

（やべ……！）

慌てて立ちあがろうとした身体《からだ》が、ずるりと横に滑った。雪崩《なだれ》をうって、土砂が崖《がけ》から落ちてゆく。

卓也の身体も流れに呑《の》まれ、あっという間に押し流された。

「うわあああああああーっ！」

立ち上がることもできず、のばした手は土砂《どしゃ》をつかんだ。身体が空中に放《ほう》りだされ、怖《おそ》ろしい速さで落下していくのがわかる。

（落ちる！　死ぬ！　嫌だ……こんな……！）

「卓也君っ！」

聖司の鋭い叫びがあがる。

だが、もう叔父の声も卓也の耳には入らない。

「うわああああああーっ！」

（助けて！　薫！　死にたくない！）

そう思ったのを最後に、卓也の意識は暗転した。

第三章　赤い五芒星《ごぼうせい》

閉じた目蓋《まぶた》に陽《ひ》の光があたって眩《まぶ》しい。
（ん……）
卓也《たくや》は、うっすらと目を開いた。
一瞬、自分がどこにいるのかわからない。
目の前には太い落葉松《からまつ》の幹があり、樹皮には苔《こけ》や茸《きのこ》が生えていた。
まわりは急な崖《がけ》で、積もった枯れ葉のあいだから笹《ささ》や羊歯《しだ》がのびている。
どうやら、落ちた時、崖の途中で木にひっかかったらしい。
そっと両手を動かし、骨が折れていないのを確認する。
身体《からだ》のあちこちが痛いが、特にひどい怪我《けが》はしていないようだ。
（命拾いした……）
そう思った時だった。
ガサッという音がした。

(誰かいる……！　敵か⁉)

とっさに落葉松《からまつ》の上で身を起こし、油断なくあたりを見まわすと、鬼の気配がした。

(嘘《うそ》……！　鬼が……！)

卓也の背筋が、ざわっと冷たくなった。

こんな体勢で攻撃されたら、避《よ》けきれない。

(やべえよ)

一瞬、呪符《じゅふ》で攻撃するか、体術で攻撃するか、卓也は迷った。

冷静だと思っていても、やはり崖《がけ》から落ちたことでパニックを起こしているようだ。

後から、藤丸《ふじまる》を出せばよかったと思い至ったのだが、この時はそれどころではなかった。

(とにかく、やるっきゃねえ。攻撃しなきゃ)

深呼吸して、霊力を集中しはじめた時だった。

右手のほうに、すっと鬼の気配が立った。

(来た！)

攻撃しようとした瞬間だった。

「卓也殿、私です」

静かな声が聞こえてくる。

（この声……）

卓也は慌てて、鬼の顔を見なおした。

（あ……！）

そこには、黒いスーツに身を包み、黒いサングラスをかけた青年が立っている。

陽《ひ》に焼けた肌と肩までのばした長めの黒髪には、見覚えがあった。

「多々羅《たたら》さん……」

（なんで……？）

多々羅が、手をのばしてくる。

「王の居所がわかりました。時間が切迫しております。さあ、こちらへ。そこは危険ですよ」

「あ……はい」

卓也は鬼の手につかまり、落葉松《からまつ》の幹から離れた。

数秒後、幹はミシミシと嫌な音をたてはじめ、中ほどからポキッと折れた。そのまま、谷底へ落下してゆく。

（うわ……やばかった）

首をすくめ、卓也は下のほうを見下ろした。

「危ないところでしたね。お怪我《けが》は？」

穏やかに言いながら、多々羅が卓也の手をひき、足場のいい場所へ移動させてくれる。

崖《がけ》にそってついた細い獣道だ。

道は、ゆるやかに崖の下にむかってつづいている。

「大丈夫みたいです。どこも痛くねえし、頭とかぶつけてねえみたいだし」

木や藪《やぶ》にさえぎられてよく見えないが、車を停《と》めた場所から、だいぶ落ちてきたらしい。

あの状態で、首の骨を折らなかったのは奇蹟《きせき》に近い。

(よく助かったな)

卓也は、ブルッと身震いした。

「上の道にいらしたのですか?」

穏やかな口調で、多々羅が尋ねる。まだ、卓也の手を握ったままだ。

「はい。上のほうに、黒鉄王《くろがねおう》が追っ手と戦ったみたいな場所があって、そこに近づいたら地面が崩れて……」

「そうですか。では、王はまだ戦う体力を残しておられたようですね」

サングラスごしの視線が、少年の肌に注がれていたが、卓也自身はそれには気づいていない。

「いや、これが王のお命を縮めることになるやもしれません。よけいな戦いなど、しないにこしたことはない。ますます、急がねばならなくなりました」

　そっと卓也の手を離すと、多々羅は空を見あげた。

「黒鉄王の居所がわかったって言ってましたよね？」

「はい。すぐ近くです。我々も行かねば」

　多々羅は、今にも黒鉄王を追って走りだしそうな様子だ。

（でも、それは困るな）

「あの……オレ、叔父を上に残してきてるんですけど。オレが落ちるとこ見たから、心配してると思います。すぐ連絡とりますから、ちょっと待ってください」

　ジーンズのズボンを探り、携帯電話をとりだそうとした時だった。

　多々羅が、ハッとしたように周囲を見まわした。

「いけません。敵です！」

「え……！　敵⁉」

　ほぼ同時に殺気が吹きつけてくる。ザザザッと風が鳴った。

（どこだ⁉）

「卓也殿！」

　多々羅が叫び、左手のほうを指さす。

　そこには、いつの間に現れたのか、ダークスーツの若い男が立っている。眉《まゆ》が細く、血の気が薄く、冷酷な顔をしている。玉花公女《ぎょっかこうじょ》から卓也の暗殺を命じられた人間の術者、黒部《くろべ》である。

黒部の周囲には、三体の鬼が控えていた。牛頭鬼《ごずき》と馬頭鬼《めずき》、それに能面のような白い顔の女の鬼だ。女は、喪服のような黒い着物を着ている。

（あいつらか……）

「見つけたぞ、筒井《つつい》卓也。それに、鬼道界《きどうかい》から来た鬼よ」

言葉と同時に、黒部が卓也の真正面に移動してきた。

「な……にっ⁉」

体術で攻撃され、卓也は大きく息を吞《の》んでいた。

「人間⁉　なぜ、人間が我らを襲う⁉」

多々羅もまた、驚きの声をあげている。

バシッ！

卓也は、黒部の蹴《け》りをかわし、後ろに跳びすさった。

「オレたちを知ってるのか⁉　何者だ⁉　何が狙《ねら》いだ⁉」

「問答無用！」

追いかけてこようとした黒部にむかって、多々羅が攻撃をしかけていく。

「七曜会《しちようかい》の手のものか⁉」

(そんなはず……ねえじゃん!)

卓也は思っている。しかし、今は口をきいているような余裕がなかった。

「邪魔だてするな! 馬頭鬼《めずき》! 牛頭鬼《ごずき》!」

黒部が叫ぶと、牛頭鬼と馬頭鬼が多々羅と主《あるじ》の間に割って入った。

そのあいだに、黒部は卓也を見据え、印《いん》を結んだ。

「オン・シュリ・マリ・ママリ・マリ・シュリ・ソワカ!」

不気味な真言《しんごん》が響きわたる。

ビシュッ!

卓也がたった今までいた場所に、白い光が走った。

落葉松《からまつ》の枝が深く切り裂かれ、樹皮のかけらが飛び散った。

「うわっ!」

(なんだよ、あいつ⁉)

かろうじて、転がって避《よ》けた卓也は木の陰に逃げこもうとした。

しかし、黒部は容赦なく追ってくる。

「人間がなんで、オレを攻撃してくるんだよ⁉ おまえ、なんなんだよ⁉」

(しかも、鬼使ってるし……! 〈鬼使い〉じゃねえよな。何者だ?)

けれども、黒部は答えない。黒衣《こくえ》の女の鬼も、体重がないもののような動作で移動しながら、多々羅に襲いかかってゆく。

「邪魔だ！」

多々羅が腕を一閃《いっせん》させると、女の鬼の肩から腰にかけて赤い光が走り、鮮血が噴きあがった。

女はそのまま倒れ、パッと砕けて消滅した。

怖《おそ》ろしいほど的確な攻撃だ。

ほっそりしていて、一見、武人らしく見えない多々羅だが、戦いはじめると歴戦の武将にも劣らない活躍を見せる。幼い頃から、戦士としての訓練を積んでいるに違いない。

（こいつ……強《つ》ええな）

多々羅をチラと見、卓也は思っている。

ビシュッ！　ビシュッ！　ビシュッ！

次々にカマイタチが飛ぶ。

卓也も、大半はかわした。こちらも、伊達《だて》に〈鬼使い〉の統領の息子はやっていない。

（なんだ。意外とたいしたことねえじゃん）

そう思った瞬間だった。

着地した足が、積もった枯れ葉を踏んで滑った。バランスが崩れる。

（やべっ！）

「…………！」

枯れ葉に手をつき、かろうじて転倒は避けたが、隙《すき》だらけだ。

この状態で攻撃されたら、避《よ》けられない。

黒部が、ニヤリと笑ったようだった。

（やられる！）

ビシュッ！

懸命に逃れようとする卓也の左肩に、ズキリと重い痛みが走った。焼《や》け火箸《ひばし》を突きこまれたような激痛に、声もでない。

「う……っ……」

卓也は綿シャツの左肩を押さえたまま、その場に膝《ひざ》をついた。立ちあがりたいのに、身体《からだ》が思うように動かなかった。

指のあいだから、たらりと生暖かいものが流れだす感覚がある。

（しまった……）

「外したか。往生際《おうじょうぎわ》が悪い……。だが、次は避けられまい。一撃で、その首を落としてやろうか」

男の手が、すっとあがった。その手のなかに強い霊気が集まってゆく。

殺気が走った。

(ダメだ……)

思わず、卓也は目を閉じる。

その瞬間だった。

「卓也殿!」

叫び声とともに、身体《からだ》が勢いよく地面に押し倒され、胸の上にずしりと誰かの重みがかかった。

(え……⁉)

ギョッとして目を見開くと、多々羅が自分をかばうように覆いかぶさっていた。

ほぼ同時に、鬼のスーツの肩が衝撃に震え、かすかなうめき声が聞こえた。

「ぐ……うっ……!」

見なくても、カマイタチを受けたのはわかった。

「多々羅さん⁉」

(オレをかばって……やられたのか⁉ なんで⁉)

卓也は呆然《ぼうぜん》として、間近にある鬼の蒼白《そうはく》な顔を見あげた。

この時、多々羅もまた呆然としたまま、サングラスごしに目の前の地面を凝視していた。

(なぜ、かばった?)

たしかに、卓也の肌の甘い香りに気を惹《ひ》かれていた。

チャンスさえあれば、己のものにしようと決めていた。

しかし、しょせんは人間である。

鬼である自分が、なぜ人間などをかばわねばならないのだろう。

今は一時休戦しているが、もともとは敵ではないか。

いや、本来は敵ですらなく、卑《いや》しい虫けらのような存在だ。

(それなのに、どうして……？)

鬼の胸のなかに、今まで感じたことのない不思議な感情が芽生えている。

切なくて苦しい、そのくせ、心が浮き立つような感情だ。

(なんだ……この気持ちは……)

卓也が危ないと思った瞬間、勝手に身体《からだ》が動いた。

守らなければと思うより先に、手足が反応した。

この人間の少年は自分にとって、それほどに大切な相手だったのだ。そう気づいた衝撃は、大きかった。

(この私が、人間などに本気で心を奪われたのか？　そんなはずは……)

ありえないと思う気持ちと、やはり、そうだったのかという気持ちが交錯している。

もしも、これが本物の恋ならば、この感情はやがては多々羅自身の身の破滅につながるだろう。

鬼と人との恋は、成就《じょうじゅ》しない。

それは、かならず悲恋に終わるのだ。

多々羅は舌打ちし、起きあがった。

今は、そんなことを考えている場合ではない。

(戦わねば)

身を起こすと、カマイタチに切り裂かれた背中が痛んだ。

だが、多々羅はかまわず、まっすぐ黒部にむかっていった。まるで阿修羅《あしゅら》のような姿だ。

「人間ごときに、この私が倒せるか!」

叫びながら、手刀をふりあげた多々羅の横あいから、馬頭鬼《めずき》が襲ってくる。

多々羅はとっさに身をかわし、馬頭鬼の頭部に拳《こぶし》を突きこんだ。

大量の血と脳漿《のうしょう》が飛び散る。

馬頭鬼はよろよろと後ろに下がり、尻餅《しりもち》をついて、そのまま地面に倒れこんだ。

それを横目で見ながら、黒部に攻撃をしかけようとした瞬間、銀色の刃《やいば》が閃《ひらめ》いた。

直径十センチほどの刃物だ。諸刃《もろは》で、刃の部分は楔形《くさびがた》になっている。

「…………!」

刃《やいば》は、多々羅の左腕を切り裂いた。

「な……にっ！」

多々羅が声をあげたのは、刃を受けたせいではない。

刃にこもっていた異質な力のせいだ。

「驚いたか、鬼め。これは、鬼の妖力《ようりょく》を際限なく吸いこむという呪具《じゅぐ》、隠剣《おんけん》だ。これで切り裂かれた傷は、そうそうやすやすとは治るまい」

「隠剣だと……！」

「そう。ある筋から手に入れた」

ニヤリと笑って、黒部は隠剣を両手に握りこみ、印《いん》を結んだ。

「急々如律令《きゅうきゅうにょりつりょう》！」

黒部が唱えたとたん、多々羅の左腕の傷口がさらに裂け、血が飛沫《しぶ》いた。

「うわあああああああーっ！」

鬼は血まみれの左腕を押さえ、絶叫した。

「多々羅さん！」

卓也が駆けよろうとする。それを制止するように、多々羅は叫んだ。

「来るな！　来てはいけない！」

「でも……！」

「逃げなさい！　早く……」

言いかけた多々羅の背後に、黒部がすっと立つ。

（やばい！）

しかし、卓也は間に合わない。

真正面から、牛頭鬼《ごずき》が卓也に襲いかかってきた。禍々《まがまが》しい鉤爪《かぎづめ》が、陽《ひ》を反射してギラリと光る。

反撃しようとした卓也の左肩に、鋭い痛みが走った。カマイタチに切られた傷が、疼《うず》いている。

「う……っ……」

卓也は左肩を押さえ、再び、その場に膝《ひざ》をついた。手首を伝って、生暖かいものが地面に滴《したた》り落《お》ちる。

牛頭鬼が卓也を見下ろし、勝ち誇ったように鉤爪をふりあげた。

（やばい……。やられる）

そう思った時だった。

「火竜《かりゅう》招喚《しょうかん》、急々如律令《きゅうきゅうにょりつりょう》」

静かな声が響きわたったかと思うと、卓也の背後から火炎放射器でも使ったような炎が吹きぬけた。

(え……!?)

炎は、牛頭鬼《ごずき》の上半身を包みこむ。

牛頭鬼は絶叫しながら走りだし、地面に倒れこんだ。そのまま、パッと砕けて消滅する。

ひらり……と卓也の側《そば》に赤い小さな竜が舞い降りてくる。翼と鱗《うろこ》の生えた長い尻尾《しっぽ》、それに二本の長い髭《ひげ》を持っている。

(火竜……)

火竜は、ハッとしたように身を強《こわ》ばらせた黒部にも炎を吐きかけた。

黒部は避《よ》けようとして横に跳び、ずるりと足を滑らせた。

「ぎゃあああああああーっ!」

すさまじい悲鳴をあげて、男の身体《からだ》は高い崖《がけ》から転落してゆく。やがて、悲鳴はぱたりと途絶えた。

(やったのか……)

卓也は、身震いした。

自分たちの命を狙《ねら》ってきた敵だとわかっていても、人が死ぬところを見るのはいい気持ちがしない。

「怪我《けが》は?」

聞き間違えようのない声が、ボソリと尋ねる。

卓也は、ゆっくりと振り返った。そこには、予想どおり、美貌《びぼう》の半陽鬼《はんようき》が立っている。

（薫《かおる》……）

「大丈夫……だと思う。あんまり深くねえ。たぶん……」

「見せろ」

猫科の獣のように優美な足どりで近づいてきた薫は、無表情のまま、卓也の血まみれの左手首をそっとつかんだ。顔には出さないが、卓也のことを心配しているのがわかる。

薫の招喚《しょうかん》した火竜はふっと薄れ、消《き》え失《う》せた。

多々羅が傷ついた身体《からだ》をかばい、薫にむきなおった。その足もとには、ポタポタと血が滴《したた》り落《お》ちている。

半陽鬼の無感動な眼差《まなざ》しが、サングラスごしの鬼の視線とぶつかりあったようだった。

多々羅は、口のなかで「篠宮《しのみや》薫か」と呟《つぶや》いた。

「半陽鬼ごときに助けられるとはな。礼は言わんぞ」

（多々羅さん？）

あまりに今までと違う口調に、卓也は戸惑う。

だが、薫はつまらなそうに多々羅を見、ボソリと答える。

「おまえを助けたつもりはない」

「……そのようだな」

冷ややかに答えると、多々羅は血の止まらない左腕を見下ろした。

二人のあいだに険悪な空気が流れる。

「あ……あの、薫、この人、多々羅さんだ。鬼道界《きどうかい》の使者の」

焦《あせ》って、卓也は口を開く。

薫は卓也の顔をチラと見、多々羅のほうに漆黒《しっこく》の目をむけた。

「篠宮薫だ。よろしく」

短く言って、目礼すると、多々羅の返答も待たずに恋人の傷を点検しはじめる。卓也の顔をたてて自己紹介はしたものの、それ以上の会話をする気はないらしい。

「痛むか？」

「たいしたことねぇよ。……そんなに痛くねぇし」

虚勢をはって、卓也は答える。実際は、うめき声をあげたいほど痛かったのだが。

薫が「痩《や》せ我慢《がまん》を」と言いたげな目になり、黙って恋人の左肩の傷に手のひらをかざした。白い手のひらが、ぼーっと淡く輝きだす。それにつれて、ほんわかと傷口が温かくなり、痛みがやわらいだ。傷口に薄皮がはり、血が止まる。

（ちょっと楽になった……かな？）

恐る恐る左肩を動かしてみると、ズキリと痛む。

慌てて傷口を押さえ、卓也は顔をしかめた。

「やっぱ、まだ痛《い》てぇよ」

「応急手当てだからな。あとで病院に行け」

それだけ言うと、薫は卓也の綿シャツの端を引き裂き、包帯の代わりに傷ついた肩に巻きつけはじめた。当然のように、多々羅の怪我《けが》には目もくれない。

多々羅も憮然《ぶぜん》とした表情で、黙りこんでいる。

(えっと……どうしよう。オレから薫に、多々羅さんの手当てしてくれって言うのも変だし……。かといって、オレが手当てするのも……。だいたい、道具も何もねぇよ)

気づまりな沈黙がある。

多々羅が舌打ちした。

「七曜会が襲ってくるとは、予想外でした」

(え? 七曜会じゃねえぞ。さっきの奴、違うだろ?)

「多々羅さん、違うと思いますよ。七曜会が襲ってくるなんて……」

「本当に違うと言いきれますか? この機会に黒鉄王を倒し、邪魔な使者も取り除こうとしたのではないのですか?」

多々羅の声が尖《とが》る。

(えー? でも、そんなことって……)

卓也は、助けをもとめるように薫のほうを見た。手当てを終えた半陽鬼《はんようき》は無表情のまま、指先を染める卓也の血をながめている。

その美しい横顔には、どことなく艶《なま》めかしい気配が漂っていた。

(おい……薫)

その時だった。

草をかきわける音がして、茂みのむこうから白い狩衣姿《かりぎぬすがた》の聖司《せいじ》が現れた。

聖司の気配に気づいたとたん、薫は卓也の血から視線をそらし、岩のような無表情になった。

「卓也君！　その血！」

聖司は卓也の怪我《けが》を見、一瞬、目を見開いた。

「叔父さん……。大丈夫だよ。痛《い》てぇけど、血は止まったし」

「誰にやられたんです？」

鋭い口調で、聖司が詰問《きつもん》してくる。

卓也と多々羅は、顔を見あわせた。薫は、何も答えない。

聖司は三人のあいだの複雑な空気に気づいたのか、眉根《まゆね》をよせた。

「何かあったんですか？」

多々羅が、素早く聖司のほうを見た。しかし、何も言わない。

「えっと……人間の術者です。何者かはわかりません」

卓也が、おずおずと答える。

「人間の術者？　それは奇妙なことがあるものですね」

ポツリと呟《つぶや》くと、聖司は多々羅に目をむけた。

「それで、黒鉄王の行方はわかりましたか？」

聖司の言葉を聞いたとたん、鬼の使者の全身に電流のような妖気《ようき》が走った。

（え……？）

多々羅はつかつかと聖司に歩みより、冷ややかに言った。

「どのようなおつもりですか、渡辺《わたなべ》殿？」

「どのようなおつもりとは？」

顔色一つ変えずに、聖司が尋ねかえす。

「なぜ、七曜会の退魔師が私を襲うのか、ご返答願いたい。私ごと、黒鉄王を亡《な》きものにするおつもりですか？」

（そんなはず、ねえよ……！）

言いたかったが、多々羅は卓也が口をはさむ暇をあたえてくれない。

「このまま行動を共にし、情報を渡していたら何をされるかわかったものではない。人間などを信用した私が愚かでした」

「多々羅殿、それは誤解です。なぜ、そこで七曜会の退魔師が出てくるのですか？」

聖司が静かに言う。

「誤解？　現に人間が襲ってきたではありませんか！　申し訳ないが、あなたたちのことは信用しかねる！」

多々羅は、乾いた口調で言い捨てる。

聖司が小さなため息をつき、卓也のほうを見た。

「卓也君、本当に人間の術者が襲ってきたんですか？」

「はい……。でも、あれは七曜会の術者じゃないと思います。見たことねぇ顔だし……そりゃあ、オレも全員知ってるわけじゃないですけど。七曜会には、そんなことする必然性ないですよね」

「必然性がない、ですと？」

多々羅が、サングラスごしに卓也のほうに視線をむける。鬼の端正な顔には、ピリピリした気配が漂っていた。

「はい。七曜会は、鬼道界《きどうかい》との戦いは望んでいません。黒鉄王とのあいだで条約が結ばれて、このまま平和になるなら、そのほうがいいに決まってます。何もわざわざ黒鉄王を殺して、争いを起こすような真似《まね》をする必要はないんです」

「しかし、術者は襲ってきましたよ、卓也殿。あなたも私も傷ついた。この怪我《けが》は幻ですか？」

　聖司を相手にする時よりは穏やかな口調で、多々羅が言う。

「たぶん、七曜会と関係ない術者だと思うんですけど……」

(でも、そんなこと言っても信用してもらえねえよな)

　卓也の声は、自然と尻《しり》すぼみになる。

　多々羅が、ため息をついたようだった。

「七曜会と関係のない術者が、なぜ、そのような真似《まね》をするのです？　おっしゃるとおり、鬼道界《きどうかい》とのあいだに争いを起こしかねない行動です。一介の術者がそんな危険を冒《おか》しますか？　よほど大きな勢力が背後になければ、このような真似はできません」

「そうかもしれませんけど、七曜会じゃないです。それだけは信じてください」

　一生懸命、卓也は言葉をつづけた。

　多々羅は黙りこみ、何事か考えているようだった。薫は、この言い争いには加わろうとしない。

「疑心暗鬼にかられている場合ではありませんよ、多々羅殿。黒鉄王に残された時間はわずかです」

　聖司が、そっと言った。

　多々羅は、苛立《いらだ》たしげに聖司を見た。

「人間などに言われたくないですね。時間がないのは百も承知です。しかし、あなたとはともに行動はできません。とても、そんな危険は冒せない。黒鉄王のお命を狙《ねら》っているかもしれない人間などと……」

　聖司は、白い狩衣《かりぎぬ》の肩をすくめた。その動きで、長い黒髪が揺れる。

「私も七曜会も、黒鉄王には、生きたまま鬼道界《きどうかい》へお戻り願いたいと思っておりますよ。もちろん、あなたにもね」

「そらぞらしい……」

「何を言っても、今は悪くとることしかできないのかもしれませんね。お気持ちはわかります。しかし、あなたを一人にするわけにはいきませんよ、多々羅殿」

「ほう？」

「鬼道界との戦《いくさ》が終わって、まだ一年七か月ほどしか経《た》っておりません。人間界には、まだ鬼に対するマイナスの感情が残っています。七曜会としては、あなたのような大物の鬼を監視もつけずに自由に歩かせるわけにはいかないのです」

　聖司は、淡々と言う。卓也は、首をすくめた。

(叔父さん、それって、なんか喧嘩《けんか》売ってるみてぇだぞ)

　薫が「やれやれ」と言いたげな目をした。けれども、何も言わない。

「監視つきでなければ歩かせないと？　本音が出てきましたな。いっそ、すべて正直に話したらどうですか？　人間は、私や黒鉄王をどうしたいのですか？」

多々羅の言葉には、刺《とげ》がある。聖司は、もう一度、狩衣《かりぎぬ》の肩をすくめた。

「信じられないのは重々わかりました。しかし、ここは信用していただくしかありませんね」

「そんな身勝手な……」

「黒鉄王には、時間がないのではないですか？」

多々羅の言葉に覆いかぶせるようにして、聖司は言う。

鬼の使者は唇を噛《か》みしめ、黙りこんだ。

重苦しい沈黙がある。

やがて、多々羅が口を開いた。

「よいでしょう。渡辺殿、あなたのことは信用しかねる。しかし、そこまでおっしゃるなら、卓也殿のことは信用しましょう。卓也殿とならば、ともに行動もしましょう」

（え？　オレ？）

いきなり指名されて、卓也は目を瞬《しばた》いた。

「卓也君は、怪我《けが》をしていますからねえ。一緒に行動と言われましても」

やんわりと聖司が言った。

可愛《かわい》い甥《おい》っ子《こ》と鬼を二人きりにさせるのは、気に入らないらしい。

薫もこの時ばかりは、聖司と同意見のようだった。

(えーと……なんか、叔父さんも薫も反対っぽいよな)

卓也は、少し考えた。

多々羅の申し出を断れば、彼の人間への不信感は決定的になる。

(それはまずいよな。……オレしか側《そば》に置きたくねえって言うんなら、側にいるのがオレの役割だ。叔父さんも薫も嫌がりそうだけど……)

以前の卓也ならば、ここで素直に薫たちの意向に従ったかもしれない。

しかし、彼はもう十九で、〈鬼使い〉の統領の息子だった。

(そうだ。オレは筒井家を代表して来てるんだから、しっかりしなきゃダメだ)

心を決め、口を開く。

「わかりました。怪我《けが》の手当てが終わったら、多々羅さんと一緒に行動しましょう」

薫と聖司が、同時に卓也の顔を見る。

卓也は、目で二人を黙らせた。

(次期統領はオレだぞ。親父《おやじ》がここにいないんなら、鬼関係の決定権はオレにある。……まあ、叔父さんも薫も〈鬼使い〉じゃねえけどさ)

「そうしてくださいますか」

多々羅は、あきらかにうれしげな様子になった。

「はい。いろいろご迷惑をおかけするかもしれませんが、がんばりますので、どうぞよろしくお願いします」

卓也はまっすぐ多々羅を見、頭を下げた。その仕草で、茶色がかかった髪が陽《ひ》に焼けた頰《ほお》にふわりとかかる。

聖司が「おやおや」と言いたげな目になった。だが、口に出してはこう言っただけだった。

「では、卓也君、よろしくお願いしますよ」

薫もそれが卓也の意思だとわかれば、特に反論する気はないようだ。

何があろうと、卓也をフォローするつもりなのだろう。

*　　*

「それで、黒鉄王の行方はわかりましたか？」

聖司が多々羅を見、穏やかに尋ねる。鬼の使者は少しためらい、うなずいた。

「おそらく、王は大地の〈気〉を利用し、己の気配を消しながら逃亡しておられるはずです」

どうやら、嫌々ながらも最低限のことは伝える決心をしたようだ。

（え……？）

「気配を消すって、何か術、使ってるんですか？　でも、妖力《ようりょく》は封じられてるって話でしたけど」

卓也は、まじまじと多々羅を見た。

「王は、鬼遁甲《おにとんこう》を使っておられます。鬼遁甲は大地の〈気〉を利用する術です。妖力がなくとも正しい場所と時刻さえわかっておれば、大地の気脈に乗り、移動することもできましょう」

（へえ……そんなこともできるんだ）

卓也は、ため息をついた。退魔師として、いろいろな術を知っていたが、鬼の妖術《ようじゅつ》のことはわかるようでわからない。

「それで……〈魂の輪《たまわ》〉はまだ大丈夫なんですか？」

「先ほど確認した時は、半分ほど黒くなっておりましたが」

多々羅は、絹布に包まれた〈魂の輪〉を卓也たちの前で開いてみせた。

まだ白い玉が三割ほど残っている。

「かなり黒くなりましたね。急がねば」

聖司が呟《つぶや》く。

「鬼孔《きこう》の位置はわかりますか、多々羅殿？」

「それは、卓也殿にだけお教えしましょう。王は、まだ遠くには行っておられないはずです。早く追跡しなければ」

歩きだそうとして、多々羅は小さくうめいた。スーツの袖口《そでぐち》を伝って、血がポタポタと滴《したた》り落《お》ちる。

鬼の力を吸いとる隠剣《おんけん》で切られた腕の傷は、ふさがるどころか、いっそう深くなっているように見えた。

もともと鬼は、腕の一本くらい切り落とされても平然としている生き物だ。人間とは回復力が違う。だが、その鬼が、今はひどく苦しんでいる。

「今、動くのは無理ですよ、多々羅殿」

冷静な口調で、聖司が言う。

「しかし……王が……」

「七曜会も捜索に退魔師を出すそうです。地元の術者や、神社の関係者たちも山狩りに参加します。これは、王の捜索だけではなく、王を狙《ねら》う敵を牽制《けんせい》する狙いもあります」

多々羅は、まだ「人間など信用できない」と言いたげな様子だった。それを察して、卓也は早口に言った。

「多々羅さん、気持ちはわかりますけれど、焦《あせ》らないでください。多々羅さんもオレも怪《け》我《が》してます。こんな状態じゃ、黒鉄王を助ける前にこっちが動けなくなってしまいますよ。オレたちが倒れたら、誰が黒鉄王を助けるんですか？」

「…………」

「手当てを優先しましょう。ね、多々羅さん。そんなにいっぱい血が出てたら、オレ、心配で……。お願いですから、オレのためにも手当てしてください。頼みます」

卓也の言葉に、多々羅はしばらく黙りこんでいた。

やがて、鬼の使者の唇にかすかな笑みが浮かんだ。

「卓也殿は、鬼の心をやわらげる術《すべ》を知っておられますね。不思議なかただ」

薫が、無感動な瞳《ひとみ》を多々羅にむける。半陽鬼《はんようき》は、多々羅の言葉のなかの何かにひっかかったようだ。

(こいつ、卓也のことを……？)

薫の白い顔に、一瞬、冷ややかなものが過《よぎ》った。

しかし、卓也も多々羅もそれには気づかなかった。一人、聖司だけが謎《なぞ》めいた表情で、薫の端正な横顔をながめている。

＊　　＊

数時間後、箱根の玄関口、箱根湯本《はこねゆもと》の商店街を一人の少年が歩いていた。ジーンズに、半袖《はんそで》の白い綿シャツという格好だ。

筒井卓也である。

怪我《けが》の手当てのため、地元の病院に行った帰り道だ。

叔父も薫も黒鉄王の捜索に出ているため、卓也は一人だった。多々羅も、七曜会の保養所にこもり、誰も寄せつけずに一人で傷の手当てをしている。

町は、来月一日に行われる箱根神社の例大祭の準備で賑《にぎ》わっていた。

例大祭の前日の宵宮祭《よいみやまつ》りは湖水まつりとも呼ばれ、日が暮れると四千発の花火が打ち上げられるため、関東だけでなく日本全国から大勢の観光客が訪れるという。

箱根神社の湖水まつりを皮切りに、箱根では「芦《あし》ノ湖《こ》夏祭りウイーク」と呼ばれる一週間の祭りが始まる。

どこかで、カナカナとヒグラシが鳴いていた。

(バス、何時だっけ)

包帯が巻かれた左肩を気にしながら、腕時計をながめた時だった。

卓也は、灰色の着物の老女が道の端に座りこんでいるのに気がついた。老女は、小柄で茶色の手提げ袋を持っている。

「あの……どうしました?」

近づいて、声をかけると、老女が顔をあげた。困ったような表情だ。

「ああ……ちょっと足がね……挫《くじ》いたみたいなんですよ」

「え……？　それ、大変じゃないですか。大丈夫ですか？」

(病院連れてったほうがいいのかな。でも、オレも怪我《けが》してるし、病院までは遠いよな)

誰かほかに人がいないかと、卓也はあたりを見まわした。しかし、こういう時にかぎって、周囲には人気《ひとけ》がない。

「タクシー呼びましょうか？」

卓也の言葉に、老女は少し微笑《ほほえ》んだ。

「ありがとうございます。でも、すぐバスが来ますから」

「バス？」

「あそこにバス停がありますでしょ」

老女は、皺《しわ》のよった手で数十メートル先のバス停を示す。

卓也は老女を見、バス停を見た。

(えっと……歩いて行けそうにねえよな)

少年は一瞬、ためらった。

それから、心のなかで「しょうがねえ」と呟《つぶや》く。鎮痛剤がまだ効いているから、少しくらいなら無理もできるはずだ。

「わかりました。じゃあ、オレが肩を貸しますから……立てますか？」

「まあまあ、ご親切に。ありがとうございます」

老女は卓也の右手につかまり、時間をかけて立ちあがった。

「袋、オレが持ちますね。行きますよ」

手提げ袋を受け取り、老女の杖《つえ》代わりになって暑い道を歩きだす。

老女は、ずっと「すみませんねえ」と恐縮しっぱなしだった。

「いや、いいんですよ。困った時は、お互いさまですから」

卓也は、老女に笑顔をむけた。

数十メートルの道を歩ききった時には、老女も卓也も息が荒くなっていた。

「ああ、しんどかった。こんなお婆ちゃんをささえて、重かったでしょう。本当に助かりました。ありがとうございます。……坊ちゃんも、少し休んでおいきなさい」

「あ……はい。大丈夫ですけど」

「ね、ここにかけて。今、お茶を出しますからね」

老女はバス停の椅子《いす》を軽く叩《たた》き、ニッコリ笑った。

それに逆らえず、卓也は隣に腰を下ろした。

(えっと……なんで、オレ、こんなとこにいるんだろう)

「はい、どうぞ」

老女は小さな水筒から蓋《ふた》のコップにお茶を注《つ》ぎ、卓也にさしだす。

「どうも……ご馳走《ちそう》さまです」

ペコリと頭を下げ、卓也はお茶を受け取った。

「疲れたでしょう。これもどうぞ。さっき買ったばかりだから、まだ温かいのよ」

老女は、今度は手提げ袋のなかから竹の皮の包みをとりだし、卓也の前で開いてみせた。竹の皮には、茶色と白の酒饅頭《さかまんじゆう》が四つ並んでいる。

(酒饅頭かよ)

あまり食べたくはなかったが、せっかく勧めてくれるので、卓也は手をのばした。

老女も、うれしそうに酒饅頭を割って口に運ぶ。

温かい饅頭にかぶりつくと、思いのほか、きつい酒の匂《にお》いがした。

(ん……？　ずいぶん酒きいてんなあ)

一瞬、頭がくらっとする。

(オレ、疲れてんのかも)

やたらと甘い饅頭を飲みこみ、お茶を飲み干すと、卓也はぼんやりと商店街をながめた。

ヒグラシの声がぱたりと止《や》む。

バスが到着して、シューッという音とともにドアが開いた。

老女がバスに乗るのを助け、水筒のコップを返して、卓也は頭を下げた。

「本当にご馳走《ちそう》さまでした。気をつけて行ってくださいね、お婆《ばあ》ちゃん」

「坊ちゃんもね。ありがとうございました。お会いできて、うれしかったですよ」

老女は一瞬、黒い目をチカリと光らせた。

しかし、卓也はそれには気づかなかった。

バスの床に落ちた老女の影に、二本の角があったことも。

やがて走り去ったバスはカーブを曲がり、卓也の視界から消えたとたん、霧のように消滅した。

＊　　＊

同じ頃、箱根連山の最高峰、神山《かみやま》の爆裂火口跡に二つの影が立っていた。

片方は、黄色い中国服の鬼——鬼道界《きどうかい》の王、黒鉄だ。中国服は血と泥に汚れ、端正な顔にも血の気がない。

額には、赤い小さな五芒星《ごぼうせい》が浮かびあがっていた。この五芒星が、黒鉄の妖力《ようりょく》を封じているのだ。

もう一つの影は黒い中国服をまとった体格のよい鬼——石黄《せきおう》である。短い黒髪のあいだから、一本の角が生えている。

このあたりは、大涌谷《おおわくだに》と呼ばれている。

地表は赤茶け、あちこちから噴煙が噴きだしている。大気には、強烈な硫黄《いおう》の臭《にお》いが立ちこめていた。

箱根が、もっとも火山らしい表情を見せる一画である。

黒鉄と石黄の傍《かたわ》らには、溶岩と溶岩が重なりあってできた洞窟《どうくつ》があった。洞窟の前には、注連縄《しめなわ》が張られている。

地元の人間にも知られていないことだが、この洞窟の奥には古い鬼孔《きこう》の跡があった。

硫黄臭い風に、注連縄が揺れる。

「くっ……」

石黄の唇から、かすかなうめき声がもれる。

黒い中国服の胸には、黒鉄王の手刀が深々と突きこまれていた。

見る見るうちに光を失ってゆく瞳《ひとみ》が、王の姿を捉《とら》える。

「鬼道界《きどうかい》に……半陽鬼《はんようき》の王妃はいりませぬ……。どうか……王よ……」

弱々しい声で、石黄は言う。

黒鉄は、形のよい唇に酷薄な笑みを浮かべた。

「おまえのような者は、鬼道界に大勢いるに違いない。みな、俺のやることが気に入らんのだ。おまえらの気持ちもよくわかる。さぞや不満で、面白くなかろう。だが、俺は透子《とうこ》を幸せにすると決めた。惚《ほ》れた女一人守れずに、何が王だ」

さらに強く手刀に力をこめると、石黄の喉《のど》が鳴り、唇から血があふれでた。

「ぐうっ……」

「透子を悪《あ》し様《ざま》に言うことは、俺が許さん」

低く呟《つぶや》くと、黒鉄は手刀をぬいた。鮮血が飛び散り、石黄の身体《からだ》がぐらりと揺れる。

どうと倒れる鬼の姿にはもう目もくれず、黒鉄は洞窟《どうくつ》にむきなおった。

この石黄との戦いで、精も根も尽き果てたのだろう。キッと結んだ唇は土気色に変わり、瞳《ひとみ》にも力がない。

(少し……無理をしすぎたか……)

心のなかで呟くと、黒鉄は重い足を引きずるようにしながら、洞窟のなかに入っていった。

あともう少しで、目的の場所につく。

しかし、そこまでたどりつく力が残っているかどうかは、黒鉄自身にもわからなかった。

硫黄《いおう》の臭《にお》いの漂う闇《やみ》のなかを歩く黒鉄の脳裏に、一つの顔が浮かんだ。

白く、なよやかな優しい顔。花のなかにひっそりと立つ可憐《かれん》な少女。

——黒鉄さま。

幻の少女が白い両手を広げ、黒鉄にむかって微笑《ほほえ》みかける。

「透子……」

ひそやかに呼ぶ声が沈黙に溶け、あたりはいっそう深く闇《やみ》に閉ざされてゆく。

＊　＊

一方、七曜会の保養施設では、多々羅が閉めきった和室で一人、化粧鏡の前に跪《ひざまず》いていた。

隠剣《おんけん》の傷をふさぐには、かなりの妖力《ようりょく》を消耗したらしい。多々羅の顔はまだ青く、表情には生気がなかった。

鬼の傍《かたわ》らには、今日は車骨《しゃこつ》の姿はない。

多々羅が鏡に右手をかざすと、鏡の表面が虹色《にじいろ》に輝きだした。

輝きのむこうから、男のものとも女のものともつかない声が聞こえてくる。

——王の行方は、まだわからぬのか？

「申し訳ございません」

多々羅は鏡のむこうの何者かにむかって、恭《うやうや》しく答える。

どうやら、相手は鬼道界《きどうかい》の鬼らしい。

かっておろうな。

——〈魂《たま》の輪《わ》〉が、また黒くなった。すべての玉《たま》が黒くなれば、王の命は尽きる。わ

「はい……」

——王は鬼孔《きこう》を利用して、命をつないでおられるのかもしれぬ。

「は……」

多々羅は、軽く頭を下げた。

虹色《にじいろ》の輝きのむこうから、どこか冷ややかな声が聞こえてくる。

——七曜会はどうだ？

「はい。さまざまの思惑はあれど、王を発見するために全力を尽くしてくれております。少なくとも、筒井卓也は」

——そうか……。

短い沈黙がある。

——まさか、土壇場《どたんば》で裏切るつもりではあるまいな？

サングラスのむこうの多々羅の瞳《ひとみ》が、揺れたようだった。

「信頼。それだけでございます」

——信頼とな。

「まだ利用価値があるとおっしゃったではありませんか。お忘れではありますまい」

——忘れてはおらぬ。信じたことが無駄になったとは言わせてほしくないものよ。

「私を信じて、おまかせください」

——よかろう。一日でも早く王を見つけだすのだ。

「かしこまりました」

多々羅は、深々と頭を下げた。

鏡の虹色《にじいろ》の輝きが強くなり、ふっと消える。

鬼の使者は、しばらく、そのままの姿勢で動かなかった。

「黒鉄王……」

小さく呟《つぶや》いた多々羅は、陽《ひ》に焼けた拳《こぶし》をぐっと握りしめた。

＊　　＊

(なんか、だるい)

ぼーっとしながら、卓也が七曜会の保養所に戻ったのは、陽も傾きかけた頃だった。

保養所は箱根の山と山の谷間にあるため、日暮れが早い。

陽に照らされた山の斜面は明るいのに、このあたりはすでに夕暮れが迫りはじめている。

叔父と薫は、まだ黒鉄王の捜索に出ているはずだ。

(また一人かよ。……多々羅さんはいるのかな。でも、なんか七曜会に不信感持ってるみてぇだし、二人きりってのはなあ……)

そんなことを思いながら、宿の部屋に入った時だった。

横から出てきた手が、卓也の右腕をつかんだ。

(え……!?)

ドキリとして、卓也は身構えた。だが、ほのかな藤《ふじ》の花の香りに気づく。

「あ、なんだ……。おまえか。びっくりさせるなよ」

ボソボソと呟《つぶや》く卓也の身体《からだ》を、紫のスーツに包まれた腕がそっと抱きしめる。

(薫……)

「怪我《けが》の具合はどうだ?」

心配そうな半陽鬼《はんようき》の声が、耳もとで聞こえた。

卓也は恋人の顔を見、目を瞬《しばた》いた。

「なんだよ?　大袈裟《おおげさ》だな。たいした怪我じゃねえよ」

「見せてみろ」

白い指が卓也の頬《ほお》に触れ、首筋のほうに滑る。

「や……」

（なんか、えっちだぞ、おまえ）

卓也は首をすくめ、薫の顔を睨《にら》みあげた。

「なんか、変なこと考えてねえか？」

薫は、「考えすぎだ」と言いたげな目で卓也を見下ろす。

「いいから、見せろ」

「えー……見たってしょうがねえぞ」

ブツブツ言いながら、それでも卓也は綿シャツのボタンを外し、左肩を出してみせる。

そこには包帯が巻かれている。

「痛いか？」

「いや……動かさなきゃ大丈夫だ」

「そうか」

低く呟《つぶや》いた薫は、卓也の包帯の上に身を屈《かが》め、軽く唇で触れた。

「薫……ちょっと……」

卓也は軽く手をあげ、恋人の口を押さえた。

「やっぱ、おまえ、下心あるんじゃねえのか？」

「そんなものはない」

薫が卓也の手首をつかんで、無表情に応《こた》える。

「嘘《うそ》つけ」

言いかえす卓也の包帯の上に、軽く薫の手が置かれた。

痛みはなかったが、卓也は少し首をすくめた。

薫は何かをたしかめるように、包帯の上から左肩にまんべんなく触れてくる。

やがて、その指が包帯から外れ、卓也のうなじに滑りこんだ。首筋を撫《な》であげ、耳の後ろのほうに移動しはじめる。

「や……。くすぐってえよ。……ってゆーか、そこに傷はねえだろ……！」

言いかけた時だった。薫の指が止まった。

「なんだ、これは？」

半陽鬼《はんようき》の声の調子が変わる。

「なんだ……って？」

「ここに何かある」

薫は卓也の後ろにまわりこみ、やわらかな栗色《くりいろ》の髪をかきわけ、うなじを露出させた。

（なんだよ？）

卓也は、薫が小さく息を呑《の》む気配を感じた。

「薫？　どうした？」

「これか」

ボソリと呟《つぶや》くと、薫は室内を物色して手鏡を見つけ、卓也を洗面所に連れていった。

「なんだよ？　なんかついてんのか？」

卓也は薫から受け取った手鏡の角度を調整し、自分のうなじを映した。

それから、ギョッとして目を見開く。

(なんなんだよ、これ⁉)

陽《ひ》に焼けたうなじに、赤い五芒星《ごぼうせい》が浮かびあがっている。

慌てて指でこすっても、指先にはなんの違和感もない。

「霊力を封じる鬼の印《いん》だ。……やられたな」

「鬼の印⁉　霊力を封じるって……マジで⁉　オレの霊力封じられちまったのか⁉」

「試してみろ」

ボソリと半陽鬼《はんようき》が言う。

卓也は、慌てて藤丸《ふじまる》を出そうと意識を集中させた。

(出てこい、チビ！)

パッと紫の狩衣《かりぎぬ》の童子が出現する。

「なんだ。大丈夫じゃん……」

言いかけた時、藤丸はぼんやりと霞《かす》み、二、三度、点滅したかと思うとふっと消えた。

まるで、電池が切れかけた電球のようだ。

「チビ……！」

「無理はするな」

低く言って、薫が卓也の髪を指先ですいた。

鏡に映る不吉な赤い五芒星《ごぼうせい》が、やわらかな髪に隠れる。

第四章　絆《きずな》

「何があった？」

　ボソリと半陽鬼《はんようき》が尋ねる。

　洗面所から和室に戻った二人である。

「うーん……よくわかんねえ。病院行って、帰りにバス乗ろうとしてたとこまで覚えてるんだけど。あ、そうだ。足を挫《くじ》いた婆《ばあ》ちゃんがいたから、バス停まで連れてってやったんだ。お礼にって、酒饅頭《さかまんじゅう》とお茶もらって、バス停で食べて……」

「それだな」

　薫《かおる》は、「やれやれ」と言いたげな目になった。

「子供の頃、知らない人から物をもらうなと言われなかったのか？」

「えー？　だって、婆ちゃんだぜ？　断れねえじゃん。『それだな』って、なんだよ？」

　卓也《たくや》は、まじまじと薫の顔を見た。

「まさか、あの饅頭とお茶のなかに何か入ってたとか言うんじゃねえよな？」

「その、まさかだ」

「じゃあ、あの婆《ばあ》ちゃんが敵の回し者だって言うのか？」

そんな荒唐無稽《こうとうむけい》なことは、信じられない。

「おまえは、他人を信用しすぎる」

ため息のような声で、半陽鬼《はんようき》は呟《つぶや》いた。

「だって、普通の婆ちゃんに見えたし。そんなにいちいち他人を疑ってらんねぇよ」

卓也の言葉に、薫は優美な仕草で肩をすくめた。

（まあ、そこがおまえのいいところなのだろうな）

内心の想《おも》いは口にはださず、半陽鬼は恋人の腕にそっと触れた。

誰にでもすぐに心を開き、屈託のない笑顔を見せる筒井《つつい》家の末っ子。

その明るさと健やかさが、鬼の血を引く身にとって、どれほど眩《まぶ》しいものか卓也自身は知るまい。

時は移ろい、二人をとりまく環境は変わっても、その輝きだけはいつまでも変わらずにいてほしいと思いながら、薫は卓也の陽《ひ》に焼けた顔をじっと見つめていた。

変化の兆《きざ》しは、ゆるやかに押し寄せてくる。

卓也は、もう出会った時のままの高校生ではない。

まだ外見は少年臭さを残しているけれど、やがては大人になり、そして老いてゆく。

薫は、卓也と同じ速さで老いることはできない。

半陽鬼《はんようき》は人よりもずっと長く、その若さを保ちつづけるのだ。

その残酷な現実に、恋人たちは耐えられるのだろうか。

(卓也……)

ふと、今こうしている時間がたとえようもなく貴重なものに思えて、薫は恋人の髪に指を滑りこませた。

卓也はくすぐったいような、心地よいような目をして、少し微笑《ほほえ》む。

「なんだよ、薫？　急に……」

「おまえが無事でよかった」

いつになく素直な薫の言葉に、卓也は目を瞬《しばた》いた。

(どうしたんだ、薫？　悪いもんでも食ったか？)

「らしくねぇな。……なんだよ？」

少年二人は、しばらく互いの目を見つめあっていた。

薫が、ふっと瞳《ひとみ》を伏せる。

卓也は、自分の首の後ろを指で探った。自分では、そこに赤い印がついていることなどわからない。

「なあ……これ、上のほうに報告しなくていいのかな」

「伏せておけ」

ボソッと薫が答える。

「叔父さんにもか？」

卓也の問いに、薫はうなずく。

(でも、隠しといていいのかな……)

少し考えて、卓也はふと薫の言葉の真意に思いあたった。

自分の役割は、多々羅《たたら》の側《そば》にいることだ。

霊力があるかないかは、この際、関係がない。

多々羅は自分のことしか信用しないのだから、ここで戦列を離れるわけにはいかなかった。

「わかった。黙ってる」

卓也の言葉に、薫は微笑《ほほえ》み、部屋の隅の小型冷蔵庫に近づいていった。

そのなかから、ワンカップの日本酒をとりだし、少し匂《にお》いを嗅《か》いでみる。

「まあ、使えるだろう」

ボソリと呟《つぶや》くと、半陽鬼《はんようき》は卓也を呼びよせ、白い指先に酒をつけた。

「何するんだよ？」

「少しじっとしていろ」

薫は、酒をつけた指先で、卓也のうなじに記号のようなものを描《か》きはじめる。

(くすぐってえ……)

卓也は、少し首をすくめた。

「なんのおまじないだ?」

「鬼の印《いん》を封じる。一時しのぎだが。明日、何か呪具《じゅぐ》を用意してくる。それまで、洗い流さないように用心しろ」

「ああ……大丈夫だけど。病院で、今日はシャワーも浴びるなって言われたし。……でも、鬼の印なら、封印してても多々羅さんは勘づくんじゃねえのか? 説明しなくていいのか?」

「鬼にむかって、今は無防備だと告白する気か?」

薫の声が、不機嫌そうになる。

「わかったよ。言わねえ」

「それでいい」

ボソリと呟《つぶや》くと、薫は卓也のうなじから指を離した。

半陽鬼《はんようき》は、多々羅と一緒に行動する卓也をひそかにガードしようと決めていた。

もちろん、それは卓也にすら教えるつもりはなかったが。

「ぜんぜん霊力使えねえってわけじゃねえみてぇだけど、やっぱ体術メインのつもりにしとするる。

といたほうがよさそうだよな。木刀かなんか持ってくりゃよかった」

合気道の型をためしてみる卓也を横目に見ながら、薫はワンカップの瓶を座卓に置こうとする。

卓也がそんな薫の姿をまじまじと見、ふいに笑いだした。

妖《あや》しいまでの美貌《びぼう》の半陽鬼《はんようき》が安酒を手にしている姿には、激しい違和感がある。

薫は、憮然《ぶぜん》とした表情になった。

「何がおかしい？」

「だって……似合わねえよ、おまえがワンカップ持ってるのって、すげぇ変だ」

魔性《ましょう》の恋人は宝石のような漆黒《しっこく》の瞳《ひとみ》で、じっと恋人を見つめる。その白く美しいこめかみに青筋が浮いているのを卓也は視《み》た、ような気がした。

「な……なんだよ？　怒った？」

「…………」

「だって、違和感あるじゃんかよ。似合わねえぞ」

紫衣《しえ》の半陽鬼は「少し黙れ」と言いたげな目になった。

しかし、卓也は黙らない。

「なんで、ワンカップ使うんだよ。冷蔵庫にウィスキーとか焼酎《しょうちゅう》とか入ってるだろ。そっちのほうがまだマシ……」

薫の夜色の瞳《ひとみ》が、妖艶《ようえん》に光ったようだった。

カタンと音をたてて、ワンカップの瓶が座卓に置かれる。野生の獣のようにしなやかな身体《からだ》が、音もなくこちらに近づいてきた。

「ま……待て！　怒るな！　冗談だから！　冗談！」

（え？）

少し乱暴に髪をつかんで引きよせられ、唇を奪われる。

卓也は、ジタバタしはじめた。

「ん……っ……！」

（なんだよ⁉　いきなり！）

目を白黒させる少年を愛《いと》しげに見下ろすと、薫は卓也のジーンズの腰に両腕をまわした。

卓也は心のなかで、ため息をついた。

（子供みてぇなんだから。しょうがねえな）

あやすように薫のキスに応《こた》えているうちに、しだいに背筋が甘く痺《しび》れてくる。

「ん……っ……」

息が苦しくなって顔をそむけると、追いかけてきた唇が再び呼吸を奪う。

「ダメ……薫……」

その時だった。

バタンと音をたてて、廊下に通じるドアが開いた。

（えっ……⁉）

ギョッとして飛び離れた卓也の目に、入り口に立つ叔父の姿が映った。

（うわっ……やべっ！）

一気に冷や汗が噴きだしてくる。

聖司《せいじ》は、無表情に甥《おい》っ子《こ》と半陽鬼《はんようき》をながめている。

薫はいつの間にか卓也からいちばん遠い部屋の隅に移動し、不愉快そうな目でじっと聖司を見返している。

その姿は、ふいの侵入者を警戒する野生の獣のようだ。

「まだいたんですか、薫君」

優しげな声で、聖司は言った。

薫の返答はない。

（見られた⁉　やべえよ……。いや、そんなはずねえよ。大丈夫だ。たぶん……）

「君の宿はここではないでしょう。さあ、もうお帰りなさい」

聖司はドアを大きく開いたまま、薫に笑顔をむけた。

「叔父さん……。そういう言い方ってねえんじゃねえか」

言いかけた卓也を、聖司は目で黙らせる。

(なんか怖《こ》ええ。叔父さん、機嫌悪《わ》りぃよ)

卓也は心のなかで、ため息をついた。

「卓也君は怪我《けが》をしているんですよ。休息が必要なことくらい、わかるでしょうに。さあさあ、早く帰って、卓也君を休ませてください」

聖司は、パンパンと手を叩《たた》く。

薫は無表情のまま、歩きだした。

「あ……薫……」

呼びかけた卓也にも、返事はない。

(怒ってる……?)

薫は音もなく聖司の横をすりぬけ、部屋を出ていった。

後には、ほのかな藤《ふじ》の花の香りだけが残った。

聖司は空調を切って、窓を開け、部屋に備えつけの団扇《うちわ》であたりの空気を扇《あお》ぎはじめた。

(叔父さん、そんなに薫が嫌いか?)

卓也は、深いため息をついた。

どうして、叔父がそんなに薫のことを嫌がるのかわからない。

「なあ、叔父さん……」

「なんですか、卓也君？」

団扇《うちわ》で扇《あお》ぐ手を休めて、聖司がこちらを振り返る。

「もうちょっと仲良くできねえのか、薫と」

「……今、なんて言いました、卓也君？　歳《とし》のせいでしょうかねえ。耳の調子が悪くて」

「叔父さん、若いんじゃなかったのか？」

「若いですとも。それで、薫君となんですって？」

「仲良くしろって言ったんだよ！」

思わず大声を出してしまって、卓也はびっくりした。

叔父にむかって、こんなものの言い方をしたのは生まれて初めてだ。

聖司も驚いたような目になり、しばらく黙りこんでいた。

気まずい沈黙がある。

卓也は、ふうと息を吐いた。

「オレはこれからも、薫とつきあってくつもりだし、叔父さんがどんなに嫌がっても会うのをやめたりしねえからな」

「薫君とつきあいつづければ、君はつらい思いをしますよ」

聖司は、甥《おい》っ子《こ》にむきなおった。

夜のどこからともなく、風鈴の音が聞こえてくる。

風が出てきたようだった。

「人には人の生き方があります。鬼と一緒に生きつづければ、君は傷つかなくていいことで傷つくでしょう」

「傷つくから、最初からつきあうなって言うのか……？　そんなの、オレの勝手だろ⁉」

「卓也君、真剣に恋をすれば、誰でも傷つきます。傷つかない恋なんかありえない。でも、問題は、鬼に恋すれば傷つくだけじゃなく、死んでしまうということなんですよ。わかりますか」

(喰《く》われちまうって言いてぇのか……)

卓也は、目を伏せた。なんと答えていいのかわからない。

ただ、わけもなく悲しかった。

「そうかもしれねえけど……。オレは、まだ終わりにしたくねえんだ。オレにとって薫は……うまく言えねえけど、いねえと生きてけねえっていうか……」

聖司は、卓也の言葉にため息をついたようだった。

できるならば、可愛《かわい》い甥《おい》っ子《こ》の口から、そんな言葉は聞きたくなかったのだろう。

「君にとって、薫君は本当に大事な相手なんですね」

ポツリと呟《つぶや》いて、聖司は甥っ子から視線をそらした。

(叔父さん……)

諸手《もろて》をあげて賛成してもらえるとは思っていないが、やはり認めてもらえないと寂しい。

卓也はうつむき、自分の両手をながめた。

短い沈黙がある。

やがて、聖司が口を開いた。

「さっきの薫君への言葉ですがね……私も言い過ぎましたよ。大人げなかったと思います」

いつになく殊勝な言葉に、卓也は目をみはった。

「叔父さん……」

(オレも言い過ぎたかな)

山を渡る風の音が聞こえたかと思うと、風鈴が鳴る。

箱根《はこね》の夜は、静かだった。

「薫君に卓也君をとられたような気がして、寂しかったんですよ。バカですねえ」

「な……に言ってんだよ、叔父さん。叔父さんは叔父さんじゃねえか。家族みてぇなもんなんだから、とるのとられるのってことはねえだろ」

(わかってませんねえ)

腹のなかで、聖司が思ったことは卓也にはわからない。

「オレは、叔父さんのことだって大事だぞ。寂しがることなんかねえじゃねえか」

（ホントに、なんなんだよ。急に怒ったり、しおらしくなったり……叔父さん、情緒不安定か？）

聖司は甥《おい》っ子《こ》を見下ろし、微笑した。

「卓也君は、本当にいい子ですねえ」

「なんだよ、いい子ってのは？　オレはもう十九なんだぞ」

子供あつかいされたようで、卓也は少し面白くない。

その頭に、聖司がそっと手をのせる。白い袖《そで》が揺れ、狩衣《かりぎぬ》にたきこんだらしい香《こう》の匂《にお》いがふわりと卓也の鼻をくすぐった。

「そうですね。わかってますよ。私も悪かったです。……義兄《にい》さんから見合いの話を持ってこられましてね。正直、イライラしていました」

「見合い!?　叔父さんが見合い!?」

卓也は、アーモンド形の目を見開いた。この叔父に結婚話が出ることが意外だった。

（そりゃあ、まあ、叔父さんも年頃だし、そういう話が来たっておかしくねぇんだろうけど……。なんか、違和感あるよなあ）

聖司は甥っ子を見下ろし、苦笑したようだった。

「お断りしましたよ。私には、まだ家庭を持つなんて無理です」

「なんで、お父さん、叔父さんに見合い話なんか持ってきたんだろう……」

「さあ……私がいつまでも独身なので心配してくださったのかもしれませんね。ああ見えても、面倒見のいいかたですからね」

実際のところは、かつて卓也に薫を引きあわせたのが聖司なので、見合いはそのことに対する〈鬼使い〉の統領の「お礼」ではないかと、聖司自身は思っている。

卓也の父、筒井野武彦《のぶひこ》は息子が半陽鬼《はんようき》と特別な関係になっているのを快く思っていないのだ。

そして、野武彦は筒井家に居候《いそうろう》している義弟を諸悪の根源だと考えているらしい。

今までにも、聖司は何度か義兄から遠回しに、早く結婚して出ていくように言われたことがある。

(それは逆恨みってものですけどねえ、義兄《にい》さん。私が、卓也君に薫君とこうなるように強制したわけでもあるまいし)

聖司の想《おも》いは、当然のことだが、卓也にはわからない。

「ふーん……。なあ、叔父さんは、好きな人とかいねぇのか？」

甥っ子の問いに、聖司は微笑《ほほえ》んだ。

「いますよ。でも、結婚はできないでしょうねえ」

「そうなんだ……」

(まあ、オレと薫もそんなふうだけどな)

卓也は、小さなため息をついた。

「みんな、幸せになれるといいよなあ」

「そうですね」

ポツリと呟《つぶや》いて、聖司は窓を閉めた。

＊　　＊

木々の梢《こずえ》から、蟬《せみ》の声が降ってくる。

翌日の午前中だった。

卓也と多々羅は、箱根の山のなかを歩いていた。

二人からだいぶ離れて、気配を殺した紫の影が静かについてゆく。

移動する卓也たちと薫の遥《はる》か上には、一羽の鷹《たか》が円を描いて舞っている。

聖司の放った式神《しきがみ》だ。

途中まではアスファルトの道があり、聖司が車で送ってくれたのだが、今はもう車が入ることもできない険しい山道になっている。

「こっちでいいんですか？」

額の汗を拭《ふ》きながら、卓也は多々羅を見あげた。ジーンズに白い綿シャツという格好で、小さめの黒いリュックを背負っている。リュックのなかには、黒地に金の蒔絵《まきえ》で藤《ふじ》の花が描かれた懐剣《かいけん》が入っていた。

懐剣は、藤波《ふじなみ》と呼ばれる呪具《じゅぐ》である。むろん、今の卓也は藤波を呪具として使うことはできない。

だが、短くとも刃がある以上、武器として使うことはできるはずだった。

隣を歩く多々羅のほうはいつもの黒いスーツ姿だが、こちらは汗一つかいていない。

「ええ。足場が悪いので、用心してください」

二人は、古い鬼孔《きこう》のある場所へ急いでいる。

彼らの周囲を、時おり、黒っぽい異形《いぎょう》の影や小動物が走りぬける。

七曜会《しちようかい》に呼び集められた退魔師たちや地元の術者たちが、黒鉄《くろがね》を捜すため、式神《しきがみ》を使って山狩りしているのだ。

今のところ、懸命の捜索にもかかわらず、黒鉄の行方はわかっていない。

〈魂《たま》の輪《わ》〉は一つを残して、ほとんど黒く変わっていた。

(大丈夫かな、多々羅さん)

卓也は傍《かたわ》らを歩く端正な顔だちの鬼を見、胸のなかで呟《つぶや》いている。

冷静さを装《よそお》っていても、内心では多々羅はきっと焦《あせ》っているはずだ。

(オレがフォローしなきゃ。……霊力が使えねえの、悟られねえようにして)

綿シャツの内側には、今朝早く、薫が渡してくれたペンダントがぶらさがっている。

土産物店で仕入れたらしい安物の金属のペンダントには、芦ノ湖《あしのこ》の絵と「箱根」の文字が書かれていた。

これが鬼のつけた五芒星《ごぼうせい》の印《いん》の力を、わずかに弱めてくれるのだという。

ペンダントを見た時、「かっこ悪い」と思った卓也だったが、不満を言っている場合ではなかった。

薫が「気に入らないのか」と言いたげな表情で、土産物屋の店先のご当地キティちゃんのキーホルダーをながめているのに気づいたせいもある。

キティちゃんを呪具《じゅぐ》にされてはたまらない。

(どのくらい効くんだろう、ペンダント……)

卓也は、無意識にペンダントの鎖を指先でたしかめた。

急な坂道は、枯れ枝や岩がゴロゴロしているので歩きにくい。

しだいに、卓也の足どりが重くなってきた。

昨日、病院で怪我《けが》の手当てはしたものの、まだ体調は万全ではないようだ。

多々羅がサングラスごしに、そんな卓也をチラと見、空を見あげた。

（監視つきか。……渡辺《わたなべ》聖司め）

鬼の〈竜眼《りゅうがん》〉には、聖司の放った式神《しきがみ》も、背後から追跡する半陽鬼《はんようき》の姿もはっきり視《み》えている。

（無粋なことだ。せっかく、卓也殿をものにする好機だというのに。……さて、どうしてくれようか）

胸のなかで、ひそかに思った時だった。

卓也が足を止め、両膝《りょうひざ》に手をあて、前屈《まえかが》みになった。

「すいません。ちょっと……休ませてください」

多々羅は卓也を振り返り、少年が真っ青な顔をしているのに気がついた。

「どうしました、卓也殿？」

尋ねる声は、優しい。

「すいません。なんか……気持ち悪くて。ちょっと休ませてもらえれば、すぐに治りますから。本当にすいません」

「無理をしないで、座ってください。……人間の足には、きつすぎたでしょうか」

多々羅は、卓也を手近な岩に座らせた。卓也も、抵抗しようとはしない。

（なんで……オレ、こんなに具合悪くなってんだろう……）

うなじのあたりが、チリチリと痛んでいる。

卓也は、わずかに目を細めた。

(呪具《じゅぐ》、効いてねぇんじゃねえのか？　それとも、効いてて、これなのか？　だとしたら、かなりヤバい……)

霊力だけではなく、体力まで削られているとしたら、相当にまずいことになる。

多々羅がいれば、遭難することはないだろうが、自分を安全な場所へ運んだりすれば、そのぶん、黒鉄の捜索が遅れることになる。

黒鉄に残された時間は、あとわずかだ。こんなところで足止めを食っている場合ではない。

しかし、多々羅を先に行かせ、自分だけ一人でこんな山のなかに残されることを思うと、心細い気持ちになる。

(オレのバカ野郎……。足手まといになるわけにはいかねえんだ)

卓也は、唇を噛《か》みしめた。

その時、多々羅がかすかに笑い、少年の背後に移動した。

移動しながら、スーツの懐《ふところ》からとりだした金属の円い板をゆるやかに手の上で回す。

板には東西南北の方位のほかに、いくつもの見慣れない記号が刻みこまれている。

鬼の呪具だ。

あたりの空気が、ゆらりと揺れたようだった。

蟬《せみ》の声が突然、聞こえなくなる。

その瞬間、卓也と多々羅の姿は鬼遁甲《おにとんこう》の迷宮に滑りこみ、通常の空間からは姿を消した。

けれども、卓也はまだそれには気づいていない。

呪具《じゅぐ》をスーツの懐《ふところ》に戻し、多々羅は妖艶《ようえん》に笑った。

（ん……？）

「どうしたんですか、多々羅さん……」

気配に振り向いた卓也は、多々羅の顔を見た。

（なんだ……？）

何かが違うような気がする。

多々羅は、こんな笑いかたをする男だったろうか。

少年の胸の奥底で、かすかな不安が頭をもたげる。

「多々羅さん……？」

尋ねるように呼びかけた卓也の前で、多々羅がゆっくりとサングラスを外した。

（…………！）

貴公子然とした端正な顔と、艶《なま》めかしい光を浮かべた灰色の瞳《ひとみ》がむきだしになる。

卓也の目の前で、鬼の指がすっと右から左に動いた。

そのとたん、卓也の意識は暗転した。

＊　＊

卓也たちの頭上を舞っていた式神《しきがみ》の鷹《たか》がふいに急降下し、枝にとまった。

落ち着かなげに、あたりを見まわしている。

地上を移動していた紫の影も足を止め、空を見あげた。

(式神が……)

人形のように美しい白い顔には、不安の影が射《さ》している。

彼は、卓也と多々羅の気配が一瞬にして消えたのを感じたのだ。

(卓也……！　何があった⁉)

まるで、異次元の穴にぽっかり落ちこんだように、卓也の気配と霊気が消滅した。今はもう何も感じられない。

(まさか、あの鬼が……)

薫の美しい瞳《ひとみ》の奥に、ギラリと殺気が走った。

(だとすると、生かしてはおかん)

走りだした半陽鬼《はんようき》は、やがて、何かにぶつかったようにピタリと足を止めた。

前方に何か危険なものがいる。近づいてはいけないと、本能が教える。
渦巻く妖気《ようき》が、肌を刺すようだ。
(こんな時に……)
薫はわずかに眉根《まゆね》をよせ、ゆっくりと歩きだした。
もしも、野生動物ならば、全身の毛が逆立っているところだろう。
しかし、卓也の身を案じる薫は本能の警告をふりきり、前に進む。
近づくにつれて、妖気が強まる。いつの間にか、蟬《せみ》の声も聞こえなくなっていた。
ふいに、薫にむかって刃《やいば》のような妖気が叩《たた》きつけられてきた。
ザシュッ!
半陽鬼《はんようき》は斜め後ろに飛びすさり、敵の攻撃を避《よ》けた。
着地した時、はらり……と漆黒《しっこく》の髪が一筋、地面に落ちた。
陶器のように白く、なめらかな頰《ほお》にカミソリで浅く引いたような傷が走っている。
(これは……!)
半陽鬼は無表情のままだったが、心のなかで驚愕《きょうがく》していた。
彼には、今の一撃が並の術者のそれではないということがわかったのだ。
「おや、かわしたかえ」
ククク……と笑う声がして、木のあいだから青い中国服の美女が姿を現した。

結いあげた長い黒髪と銀色の二本の角、白い肌、赤い唇、傲慢《ごうまん》な美貌《びぼう》。玉花公女《ぎょっかこうじょ》である。

公女が歩くにつれて、足もとから霞《かすみ》のような妖気《ようき》が立ち上り、周囲の草が枯れてゆく。あまりにも圧倒的な妖気である。

並の術者なら、今の公女と対峙《たいじ》したとたん、血反吐《ちへど》を吐いて倒れてもおかしくない。

二人の周囲は、シンと静まりかえっていた。

鳥たちも小動物も、危険を察知して、この場から逃げだしたのだ。

薫は感情を押し隠した瞳《ひとみ》で鬼の公女を見、優美な動作で身構えた。

「玉花公女か」

「わらわを知っておるのか。卑《いや》しい半陽鬼《はんようき》が」

蔑《さげす》むような目で薫を見、玉花公女は赤い唇を動かす。

「なぜ、黒鉄に与《くみ》する？　妹のためか？」

半陽鬼は、答えなかった。

公女は冷ややかな表情で、言葉をつづける。

「愚かな半陽鬼よ。黒鉄とそなたの妹のあいだに未来などない。わかっておろう。いつか、黒鉄はそなたら兄妹を裏切る」

薫は、「そんなことは、俺には関係ない」と言いたげな目をした。

「そこをどけ」

(時間がない。卓也が……)

公女は燃えるような目で、この美しい半陽鬼《はんようき》を見、一歩前に出た。

足もとから、妖気《ようき》が旋風《つむじかぜ》となって舞いあがる。青い中国服の裾《すそ》が揺れた。

「どけとな？　この玉花公女にむかって、卑《いや》しい半陽鬼がどけと？　身分をわきまえるがいい！」

公女の全身が淡く光ったかと思うと、すさまじい妖気が膨れあがり、爆発する。

ドドドドドドドドドドドドーンッ！

公女を中心として、周囲の木々が半径数キロにわたって円く倒れ伏す。

同時に、天にむかって、キノコ雲のような妖気が立ち上った。

箱根の全山で、烏《からす》や小鳥が怯《おび》えたように鳴きながら飛び立った。

その一瞬、芦ノ湖は不気味に赤く染まった。

晴れていた空が見る見るうちにかき曇り、雷鳴が轟《とどろ》きはじめる。

美貌《びぼう》の半陽鬼は、嵐《あらし》のような妖気のなかに静かに立っている。

紫のスーツの裾ははためき、漆黒《しっこく》の髪も強い風に揺れていたが、その白い顔にはなんの恐怖の色もない。

「来るがよい、薄汚い半陽鬼めが」

公女がゆっくりと薫を差し招く。その全身から、ゆらゆらと毒のような瘴気《しょうき》が立ち上りはじめた。

薫は無感動な瞳《ひとみ》で公女を見据え、一歩前に出た。

＊　＊

何かの気配に、卓也はアーモンド形の目を開いた。

（ここは……？）

黒い板張りの天井と白壁が視界に飛びこんでくる。見覚えのない日本家屋だ。

「気がつきましたか」

妖艶《ようえん》な声が、傍《かたわ》らから聞こえた。

（え……？）

ハッとして、見ると、そこには白い中国服に身を包んだ青年が片膝《かたひざ》をついていた。

貴公子然とした端正な顔だちは多々羅のものだが、その肩まで届く黒髪のあいだから生えた二本の銀色の角には見覚えがない。

灰色の瞳が、卓也をじっと見下ろしている。

「多々羅……さん……？」

（なんで……？　鬼の格好に戻ったんだよ……？）

起きあがろうとした卓也は、自分の身体《からだ》が思うように動かないのを知った。

痺《しび》れたように、手足に力が入らない。指先にはたしかに感覚があったが、それを自在に動かすことはできなかった。

それは、うなじの五芒星《ごぼうせい》の印《いん》のせいだろうか。それとも、左肩に受けた傷のせいだろうか。

あるいは、ほかに理由があったのかもしれない。

卓也には、どれともわからなかった。

（どうしよう……。オレ、動けねえ）

「ここ……どこですか？」

不安を押し隠し、多々羅を見あげて尋ねる。

「異界に迷いこんだようですよ。人間の世界で、マヨイガと呼ぶ場所でしょう」

「マヨイガ……？　ここが？」

卓也は目だけ動かして、周囲をながめた。

自分が寝かされているのは、板の間のようだ。背中がひんやりと冷たくて、気持ちいい。

あたりは、怖いほどシンと静まりかえっている。

（起きなきゃ）

懸命に起きあがろうとする卓也の右肩に、多々羅の手が軽く触れる。

「無理をしてはいけません。あなたは、ひどく疲れています。しばらく休んだほうがいい」

多々羅の言葉に、意識を失う前の記憶が甦《よみがえ》ってくる。

（そうだ。オレ、傷が痛くて、なんか身体《からだ》が動かなくなってて……それで、急に多々羅さんがサングラス外して……）

卓也の目が、多々羅の銀色の角に移動する。

あらためて、そこにいるのが鬼だと思い出し、卓也は複雑な気持ちになった。

いったい、なぜ、多々羅は鬼の姿に戻ったのだろう。

こうしていてはいけないような気がして、少年は弱々しく多々羅の腕に抗《あらが》った。

「オレは起きなきゃ……。もう時間がないんです。そうでしょう？　……ここを出て、黒鉄王を捜さなきゃ」

黒鉄の名前を出しても、多々羅の表情に変化はない。

「……まさか、もう手遅れじゃないですよね？」

恐る恐る尋ねると、鬼の使者は首を横にふった。

「いいえ。まだ望みはあります。しかし、我々はここから簡単には出られませんよ」

自分で鬼遁甲《おにとんこう》の迷宮に誘いこんだくせに、さも何かの事故にあったような口調で多々羅は言った。

「簡単に出られねえ……？」

「異界の門が開く時間は決まっています。いちばん早くても、あと数時間はかかりましょう」

「え……？　それって、やばいんじゃないんですか⁉　数時間って……」

「異界の時間での数時間です。外部とは時間の流れかたが違います。ここで一週間過ごしても、異界から出れば、わずか数分のことかもしれません。数年が経《た》っているかもしれません」

「数年……⁉」

（冗談じゃねえ。とんでもねぇとこに迷いこんできちまった。早く、ぬけださねえと）

卓也は、多々羅の端正な顔を見あげた。

「あの、どうやったら出れるんですか？　待つしかねえんですか」

「待つしかないでしょう。そのあいだ、あなたは休んでいなさい。あきらかに、休息が必要です」

鬼は、穏やかな声で言う。

「……休みなんかいりません」

なんとなく、カチンときて、卓也は言い返した。多々羅が薄く笑う。

「鬼の側《そば》では、安心して休めませんか」

「オレは……そんなつもりじゃ……」

(何言いだすんだよ……？)

耳が痛くなるような静けさのなかで、鬼がそっと言う。

「あなたは動けない。そして、数時間、鬼と二人きりです。どうです。怖いでしょう？」

「何……言うんですか。怖くなんか……」

「本当に？」

ククク……と小さく笑い、多々羅は少年の顔をのぞきこんできた。

鬼の妖気《ようき》がふわりと動く。思わず、卓也はびくっとした。

何かがおかしい。

(多々羅さんが変だ……)

「ほら、やっぱり怖いのでしょう」

「そういうわけじゃなくて……」

「いいえ、怖いのです。あなたは、私のことを信用していない」

少し悲しげに、鬼は呟《つぶや》いた。

卓也は、大きく息を吸いこんだ。

「オレは鬼だから信用しねえとか、そんなことしませんよ。たしかに、オレたちとはちょっと違う生き物だけど……喜んだり悲しんだりする心は同じです。わかりあうことだってできます」

「本当にそう思いますか？」

多々羅が卓也を見下ろしながら、尋ねる。

「もちろんです」

（オレは信じてる……。薫とだって、ちゃんとわかりあえたんだから……）

卓也は、白衣《びゃくえ》の鬼が優しく微笑《ほほえ》むのを見た。

「あなたの肌が甘く香っているのを知っているでしょう。鬼がそれに誘惑されることも。それでも、鬼を信じますか？」

（え……？）

卓也の背筋を、ひやりとするものがかすめる。

多々羅に感じる違和感は、しだいに強くなってきている。

（もしかして、オレを脅かして面白がってる？　思ったより人が悪《わ》りぃのか、多々羅さんって。……いや、鬼だから、鬼が悪りぃって言うのか……）

「だって、多々羅さんは仲間だし……。オレは、多々羅さんのことは信用してますよ。鬼だって、関係ないですよ」

精一杯、笑顔で答える。

多々羅は、そっと卓也の額に陽《ひ》に焼けた手を置いた。

「信じてもいないのに、嘘《うそ》を言うのはおよしなさい」

「嘘なんかついてません！」

「私が怖いくせに」

内心、ぎくりとして、卓也は言い返した。

「怖くなんかありません！」

（そうだ。怖いはずなんかねえ。仲間なんだから）

しかし、自分でもそれが嘘だということが卓也にはわかっていた。

こんなに近くに、本性をむきだしにした鬼がいて、怖くないわけがない。

本能的な恐怖が、じわじわりと忍びよってくる。

「私にも、甘い香りがしますよ。素晴らしい香りだ。いつ気がおかしくなっても不思議ではありませんね。それでも？」

多々羅が、低くささやく。卓也は一瞬、息を止めた。

（嘘だ……）

「多々羅さん……変な冗談やめましょうよ。こんなやりかたで、オレの心を試さないでください。オレは、信じてますから……！」

「人間は、嘘《うそ》つきですね」

多々羅の手が額から離れ、卓也の胸の上に軽く置かれる。

「ほら……心臓がドキドキしていますよ。私のことを怖《おそ》れ、警戒していますね」

「なんでこんなことするんですか⁉　オレがなんて言えば、納得するんです⁉　どうしてほしいんですか⁉」

(わけわかんねえよっ！)

卓也は多々羅の顔を睨《にら》みあげ、声を張りあげた。

そうでもしていないと、あたりの静寂に呑《の》みこまれてしまいそうだ。

「どうしてほしい……ですと？」

ふいに、多々羅の灰色の瞳《ひとみ》の奥に艶《なま》めかしい光がかすめた。

卓也が危険を察知するのと、鬼の使者が覆いかぶさってくるのは同時だった。

(え……⁉)

唇に何か温かくて、やわらかなものが触れる。それが、多々羅の唇だと気づいた瞬間、卓也は心のなかで悲鳴をあげていた。

(嫌だーっ！)

「や……めろっ……！」

顔をそむけても、男の唇は執拗《しつよう》に追いかけてくる。

薫のそれとは、まったく違うキスだった。荒々しくて、強引で、まるで喰《く》いちぎられそうな——。

(喰いちぎる?)

卓也の背筋が、ざわっと冷たくなった。

まさか、そんなことがあるだろうか。

「多々羅さん！　やめてください！　なんでこんなことするんですか⁉　信用しろとか言っといて！」

早鐘のように鳴る胸と、荒くなる呼吸。汗のなかに、恐怖の臭《にお》いが滲《にじ》みだしはじめる。

卓也は、必死に自分を抑えようとした。

(落ち着け。落ち着いて、なんとかするんだ。でねえと……最悪、死ぬ)

「私を信用していなかった罰です」

「そんな無茶苦茶な！」

言いかけた唇に、再び多々羅の唇があわさる。

「ん……っ……！」

(嫌だ……！　こんなの……！)

両腕には、まだ力が入らない。

(まさか、オレ……このまま……?)

卓也の頬《ほお》から、血の気が引いた。

数時間、自分が多々羅とここに閉じこめられているということは、誰も知らない。自力で逃げることができなければ、結果は見えていた。

「嫌だっ！　絶対嫌だっ！　やめろーっ！」

叫ぶ卓也の首筋に、男の唇が這《は》い降《お》りてくる。

「甘い香りだ……。この世のものとも思えない」

呟《つぶや》く鬼の声は、陶然としていた。

肌に吸いついた唇が一度離れ、ややあって、鋭い痛みが卓也の首筋に走った。

（噛《か》まれた……！）

卓也は顔を歪《ゆが》め、全身を強《こわ》ばらせた。

痛み以上に、恐怖のほうが強い。頭のなかで、思考が空回りする。

（逃げなきゃ……でも、どうやれば……。落ち着け。落ち着いて、時間を稼いで……。でも、逃げられねえし、身体《からだ》が動かねえし……。もうダメかも。いや、そんなこと考えるな）

「怯《おび》えていますね、卓也殿。その顔がまた……そそりますね。悪いひとだ」

卓也の首筋から顔をあげ、多々羅が妖艶《ようえん》に微笑《ほほえ》んだ。

その唇は、血のように赤く見えた。

(怖い……)

「オレは……喰《く》われたくなんかねえ。なんで、そんなことするんだよっ……⁉」

「理由がおわかりでないとは信じられませんね」

かすかな声で呟《つぶや》くと、多々羅は卓也の綿シャツの胸もとに指を滑らせた。

布の上から肌をまさぐられる不愉快さに、卓也は思わず眉根《まゆね》をよせた。

薫の時には快感を生み出す同じ行為が、相手が違えば、これほど、おぞましい感覚に変わる。

生理的な嫌悪感《けんおかん》で、胸が悪くなってきた。

(気持ち悪《わ》りい……)

「やめろよ……！　多々羅さん、こんなことしてる場合か⁉　黒鉄王は、こうしてるあいだにも死にかけてるんだぞ！」

多々羅を正気に戻したくて、黒鉄の名前を出してみたが、鬼は平然とした様子だ。

「王が死のうが生きようが、私には関係のないことです」

「なんだって……⁉」

(こいつ、どっか変になったか？　なんのために人間界に来たんだよ⁉)

「王の生死など、知ったことではないと申しあげました。死んでくださったほうが、ありがたいですが」

ククク……と笑いながら、多々羅は卓也の綿シャツのボタンを外してゆく。

呆然《ぼうぜん》として、卓也は多々羅の貴公子然とした顔を凝視した。

「死んだほうがいいのか……⁉　なんでだよ⁉　黒鉄に何か恨みでもあんのか⁉」

「恨みなどありません。ただ……邪魔なのです」

「邪魔……？」

「ええ。あるかたが王位につくために、黒鉄王にはどいていただかねば」

(こいつ……黒鉄の敵だったのか……。味方のふりしやがって……。これ、誰かに知らせなきゃやべえ)

そう思った時だった。陽《ひ》に焼けた指が、卓也の胸をするりと撫《な》であげた。

長い指先が色の淡い突起にたどりつき、そこを刺激しはじめる。

「んっ……やめろ……」

卓也は眉《まゆ》をひそめ、唇を噛《か》みしめた。

昔は何も感じなかったそこも、薫の愛撫《あいぶ》を受けるうちにひどく敏感な場所に変わっている。

「感度がいいですね。篠宮《しのみや》薫に開発されましたか」

意地の悪い口調で、多々羅が呟《つぶや》く。

(嘘《うそ》……！　知ってるのか……⁉)

卓也は、アーモンド形の目を見開いた。羞恥《しゅうち》に全身が熱くなってくる。

「薫とオレとはそんなんじゃ……」

乾いた指が胸の突起をつまむようにして、こする。

そのたびに、卓也の身体《からだ》がびくんと震えた。

「やっ……触るな……！」

「知っていますよ。あなたと篠宮薫が先日、露天風呂《ろてんぶろ》で何をしていたか」

耳もとでささやかれ、卓也は真っ赤になった。

（げっ……！　マジで……⁉）

見られていたと気づいたとたん、恥ずかしくて死にそうになる。

「いやらしい身体《からだ》ですね。どんどん甘い匂《にお》いが強くなってくる。……我慢できなくなりそうです」

胸もとを撫《な》で下《お》ろした指が腹を伝い、ジーンズと肌のあいだに滑りこんでくる。

卓也は、反射的にそこをガードしようとした。

しかし、身体はほとんど動かない。

（嫌だ……！　薫……！）

卓也の目から透明な涙があふれだし、目尻《めじり》のほうにツッと流れる。

（助けて……）

露《あらわ》になった少年の薄い胸に舌を這《は》わせながら、鬼はジーンズの内側にあるものを嬲《なぶ》りはじめる。

ガリリと胸の突起に歯を立てられ、卓也の全身が総毛立った。

「痛っ……！」

（このまま喰《く》われちまうのか……？）

多々羅が切なげに眉根《まゆね》をよせ、ふいに身を起こした。

我慢できなくなったのか、両手で卓也の右手首をつかみ、そこに牙《きば》を突き立てる。

「ひっ……！」

焼けつくような鋭い痛みが手首に走る。

たらり……と生温かいものが、腕を伝って肘《ひじ》のほうに流れてくるのがわかった。

「甘い……。甘露《かんろ》のようだ」

ピチャピチャと音をたてて傷口を舐《な》めながら、鬼がうっとりと笑った。

その口もとは血に濡《ぬ》れ、灰色の瞳《ひとみ》はギラギラと輝いている。

（鬼……）

卓也は思わず、悲鳴を呑《の》みこんだ。

むっとするような血の臭《にお》いが襲いかかってくる。それが自分の血だと思うと、もうたまらなかった。

「藤丸《ふじまる》……！」

とっさに、式神《しきがみ》を呼ぶ。

それに応《こた》えて、卓也と多々羅の傍《かたわ》らに紫衣《しえ》の童子が現れた。

しかし、その姿は半透明で、今にも消えてしまいそうだ。

(ダメなのか……)

多々羅が藤丸をチラと見、血に濡《ぬ》れた唇で冷ややかに笑った。

「無駄ですよ」

鬼が手刀を振り下ろす。童子の半透明の身体《からだ》に斜めに輝く筋が入ったかと思うと、パッと砕けて消《き》え失《う》せた。

「くっ……！」

式神の受けたダメージは直接、術者である卓也に伝わる。

苦痛に顔を歪《ゆが》めた少年を見下ろし、多々羅は妖艶《ようえん》に微笑《ほほえ》んだ。

鬼の唇の端から血が一筋流れ、顎《あご》のほうまで伝っている。あまりにも禍々《まがまが》しい姿は、どこまでも人から遠い。

卓也は目眩《めまい》を感じ、一瞬、瞳《ひとみ》を閉じた。

戦闘で怪我《けが》をしたことは何度もある。しかし、鬼に嚙《か》まれて血をすすられたことなど、記憶にあるかぎりでは一度もない。

術者として修行は積んできたが、それでも、生きながら喰《く》われることへの根元的な恐怖が、卓也の全身をすくませた。

(鬼に……喰われる……)

「卓也殿……」

切なげな声で、鬼がささやく。

けれども、その唇は血に濡《ぬ》れている。

卓也自身の血に。

「こんなにも誰かを喰いたいと思ったのは、初めてです」

それは、鬼の最上級の愛の言葉。

(嫌だ……!)

「やめろ!」

「なぜ、拒むのです?　こんなにも愛《いと》しく思っているのに」

「オレは喰われたくなんかねえ!」

卓也は、多々羅を睨《にら》みあげた。

「オレを喰っていいのは、薫だけだ!」

その刹那《せつな》、多々羅の灰色の目が冷たく光ったようだった。

「あの半陽鬼《はんようき》が、そんなにいいですか。この私を拒むほどに」

（やべ……）

そう思った時、多々羅の指が少年の喉《のど》に食いこんだ。

「ぐ……っ……やめ……っ……！」

「このまま、首を引きちぎってあげましょう」

（助けて……！　殺される……！　薫！）

心のなかで叫んだ瞬間だった。

バンッ！

板の引き戸を貫いて、白い光が走った。

バラバラになった板の破片が、スローモーションのように宙に舞う。

白い光線は、たった今まで多々羅の額があった場所を突き抜けた。

（え……⁉）

一瞬早くかわした多々羅は、卓也から離れた場所に着地した。その白い中国服の胸には、点々と卓也の血がこぼれている。

鬼は油断なく引き戸のほうを見、身構えた。

ガタン……と音をたてて板戸が外れ、転がった。

明るい陽光が射《さ》し込《こ》んでくる。

その陽《ひ》を遮《さえぎ》り、妖美《ようび》な人影が音もなく戸口に立った。

紫のスーツをまとった姿は、怖《おそ》ろしいまでに静かだった。

その頰《ほお》には一筋の赤い傷跡が残っている。玉花公女との死闘の名残《なごり》だ。

(薫……！)

卓也は力の入らない身体《からだ》で、懸命に起きあがった。かろうじて、板の間に座ることができる。

薫のほうから、すさまじい怒りの〈気〉が漂ってくる。

たった今の攻撃は、まぎれもなく多々羅を殺そうとしていた。

もしも、薫が猫のように気配を殺し、忍びよってきていたならば、確実に多々羅は命を落としていたろう。

けれども、薫は気配を殺さなかった。

怒りのあまり、我を忘れたのか、あるいはあえて気配を隠さなかったのか。

それとも、多々羅が自分の殺意に気づくことを望んだのだろうか。

いや、それは薫自身にもわからなかったに違いない。

(殺す)

刃《やいば》のような妖気《ようき》をまとい、薫はすっと前に出た。

多々羅が、素早く卓也を盾にしようとする。

しかし、それより早く、薫の白い手があがった。その手には、ルビーの指輪が輝いている。

「火竜《かりゆう》招喚《しようかん》！　急々如律令《きゆうきゆうによりつりよう》！」

ルビーの指輪が一瞬、赤く輝いたようだった。

次の瞬間、薫の頭上に小さな火竜が現れる。全身が赤く、翼と鱗《うろこ》の生えた尻尾《しっぽ》、それに二本の長い髭《ひげ》を持っている。

火竜の口から、紅蓮《ぐれん》の炎が噴きだした。

ボボボボボボボボッ！

多々羅は少年を盾にするのを諦《あきら》め、後ろに飛びすさった。白い中国服の裾《すそ》が大きく翻《ひるがえ》る。

その隙《すき》に、薫が卓也の傍《かたわ》らに移動し、恋人を守るように身構えた。

多々羅と薫の視線が、空中でぶつかりあう。

あたりの空気は、帯電したようにピリピリしていた。

多々羅が、挑発するように血のついた唇をペロリと舐《な》めた。

「無粋な真似《まね》をしてくれるものだな、半陽鬼《はんようき》。卓也殿は私の獲物だぞ」

美貌《びぼう》の半陽鬼は「何をバカな」と言いたげな目をした。

「そいつは、俺のものだ」

「ほう？　所有権を主張するか。たいして愛してもいないくせに」

嘲笑《あざわら》うような口調で、多々羅が言った。

(何言いだすんだよ……)

卓也は、まじまじと鬼の使者を凝視した。

「たいして愛してもいないだと？」

無感動な声で、半陽鬼《はんようき》が答える。

白衣《びゃくえ》の鬼は、妖艶《ようえん》な仕草で卓也の血に濡《ぬ》れた指を舐《な》める。

「この味がわかるか？　わからないだろう。本当に愛しているなら、喰《く》いたいはずだ。それなのに、おまえは喰わない」

毒を含んだ声が、マヨイガのなかに響きわたる。

(こいつ……)

卓也の心臓が、どくんと鳴った。

耳を貸してはいけないと、心のどこかでささやく声がする。

それなのに、多々羅の声が頭のなかでリフレインする。

——本当に愛しているなら、喰いたいはずだ。

「やめろ！」

反射的に、卓也は声をあげた。

聞きたくない。薫にも聞かせたくない。

しかし、鬼はかまわず、残酷な言葉をつづける。

「愛したものが、これほど甘い香りを放っているのに、なぜ喰《く》わずにいられる？　それは、喰いたいほど愛していないいからだ」

「違う！」

卓也だけが声をあげる。薫は、無言のままだ。その美しい横顔には、なんの表情も浮かんでいない。

けれども、卓也にはなぜだか、薫がひどく傷ついているように思われた。

無表情の仮面の下で、半陽鬼《はんようき》は泣いているように見えた。

薫自身、自分が傷つき、動揺していることには気づいていないだろう。

親から感情表現の仕方を教わらず、守られることもなく、野の獣のように育った美しい鬼には、自分の心を揺らしているものがなんなのかはわかるまい。

その胸を締めつけるような気持ちが、悲しみだということも。

しかし、卓也にだけはそれがわかった。

彼だけが、薫の胸にある感情を理解し、人の世界の言葉で名づけることができる。

(傷ついてる……)

そう思った時、卓也の頰《ほお》にツッ……と涙が伝った。

(え……？　オレ……？)

どうして、自分が泣くのかわからない。

ただ、涙が後から後からあふれだしてきて、止まらない。

まるで、泣くことができない半陽鬼《はんようき》の代わりに、何者かが卓也の身体《からだ》を借りて泣いているようだ。

（薫……）

ただならぬ気配に気づいたのか、薫が恋人を見、ハッとしたように夜色の目を見開く。

「卓也……」

半陽鬼もまた、この時、卓也の涙のわけを理解したようだった。

自分が傷ついたことで、卓也も傷ついている。

だから、恋人は泣くのだと。

そうして、あらためて、薫は気がついた。

（そうか……。俺は傷ついていたのか）

この胸を締めつける想《おも》いと、やりきれない感情の正体に名前がつく。

卓也がそれを共有し、自分の代わりに涙を流してくれるから、胸にずしりとのしかかったものがわずかに軽くなる。

（卓也……）

薫は、深い漆黒《しっこく》の目を多々羅にむけた。

挑むように。

「なんだ、その目は？」

多々羅が苛立《いらだ》ちの表情を浮かべ、紫衣《しえ》の半陽鬼《はんようき》をねめつける。

「喰《く》いたいほど愛していないのは、本当だろう。でなければ、なぜ耐えられる？　耐えられるわけがない」

「………」

「自分の気持ちを自覚してから、どれほど経《た》った？　そのあいだ、なぜ喰わずにきた？　一度ならず肌をあわせていて、喰いたくならないのはおかしい。本当は、そこまで好きではないのだろう」

その一瞬、卓也は薫の瞳《ひとみ》が揺れるのを見た、ような気がした。

無表情のままだったが、半陽鬼は多々羅の言葉に初めて迷ったのだ。

（薫……！）

卓也の喉《のど》の奥を、氷の塊のようなものが滑り落ちたようだった。

胃がキュッと縮み、冷たくなる。

（迷うな、薫！）

「変なこと言うな！　薫はオレのこと、喰いたいと思ってる！」

「では、なぜ喰わないのです？　喰わないのは、愛していないからでしょう。目を覚ましなさい、卓也殿。その半陽鬼《はんようき》は、あなたを愛してはいませんよ」

呪詛《じゅそ》のように、多々羅が繰り返す。

「違う……！」

(薫は……そんなんじゃねえ……！)

卓也は、唇を噛《か》みしめた。

「あなたも混乱しているようですね。鬼に喰《く》いたいと言われて、うれしいのですか？　私にはずいぶん抵抗しましたが」

「それは、多々羅さんが薫じゃねえからだ」

卓也はキッと白衣《びゃくえ》の鬼を見据え、胸のなかの想《おも》いを叩《たた》きつけた。

「オレは薫にだったら、喰われてもいい！　でも、ほかの奴は嫌だ！」

「卓也殿……」

多々羅の陽《ひ》に焼けた顔に、謎《なぞ》めいた笑みが浮かんだ。

苦笑いとも泣き笑いともつかない、切なげな表情だ。

「あなたもですか。……あなたも私を拒絶するのですね」

「え……？」

(何言ってんだよ……？)

卓也が思った瞬間だった。

白衣《びゃくえ》の鬼は身を翻《ひるがえ》し、恋人たちの前を走り去った。

「あ……!」

(逃げた……?)

どうする、というように薫のほうを見ると、半陽鬼《はんようき》は「追わなくていい」というように首を横にふった。

半陽鬼には、多々羅が涙を流さずに泣いているのがわかったのだ。

きっと、多々羅にとっては、いちばん欲しいものが手に入らないのはこれが初めてではないのだろう。

飢えて、餓《かつ》えて、何に渇いているのかもわからないまま、もとめつづけた鬼がようやく見いだしたのが筒井卓也だった。

しかし、その卓也もまた、白衣の鬼を拒んだ。

多々羅にとっては、もう限界だったに違いない。

この世で、薫だけにそれがわかった。

半陽鬼の美しい胸のなかには、多々羅への同情や共感はかけらもない。

最愛の少年を喰《く》おうとした鬼を許すいわれはない。

それでも、人間の言い方で言うならば、薫は多々羅に情けをかけたのだ。

鬼は、鬼の心を知る。

だが、殺意が消えたわけではない。

それは、半裸にむかれ、手首から血を流した卓也の姿を見れば見るほど募ってくる。

(次に会ったら、殺す)

薫は、胸のなかで呟《つぶや》いた。

それから、素早く卓也に近より、その顔を見下ろす。

「大丈夫か?」

「うん……。たぶん」

卓也はまだ涙に濡《ぬ》れた目をこすり、微笑《ほほえ》んだ。

多々羅が去ったとたん、急に身体《からだ》が軽くなった。手足も普通に動く。

(まさか……。考えたくねえけど、やっぱ、あの変な体調は多々羅さんの……いや、多々羅のせいなのか……)

自分を喰《く》おうとした相手に、もう「さん」づけはできない。

卓也は、多々羅の今までの言葉や態度を思いかえした。

あれは、何もかも偽りだったのだろうか。

敵の攻撃から、かばってくれたのも。

「そうだ、薫。あの鬼が……多々羅が言ってたけど、あいつ、黒鉄のことなんか死んでもいいって思ってるみてぇだぞ!　黒鉄の味方なんかじゃやねえ!」

「やはり、そうか」

ボソリと呟《つぶや》いて、薫は優美な動作で卓也の傍《かたわ》らに膝《ひざ》をついた。

ふわりと藤《ふじ》の花の香りが漂った。

白い指がのびてくる。

しなやかな指の先で、そっと卓也の涙を拭《ぬぐ》うと、薫は少年の手首を持ちあげ、血の流れだす傷に唇を押しあてた。

卓也の背筋に、ぞくっとするような甘い戦慄《せんりつ》が走る。

「薫……」

「喰《く》われてもいいと言ったな」

ささやく半陽鬼《はんようき》の声には、隠しようもない欲望の色がある。

(あ……)

卓也の両耳がカーッと熱くなる。

ズキズキする傷口に、薫の舌が軽く触れた。

温かな舌で舐《な》めあげられると、全身が震える。

「卓也」

ささやく声には、卓也以外のものにはわからない妖《あや》しい熱がこもっている。

卓也は陶然としたまま、恋人の絹糸のような黒髪に左手を滑りこませた。

「オレを喰《く》うのか？」

（それでもいい）

卓也の想《おも》いを読みとったのか、薫はひどく切なげな目になって微笑《ほほえ》んだ。

できるならば、彼はそうしたかったろう。

しかし、今、ここで多々羅と同じ行為をするわけにはいかない。

薫の誇りが、それを許さなかった。

「いいや。喰《く》わない」

低く呟《つぶや》くと、薫は顔をあげ、恋人の唇に唇をあわせた。

立ちこめる血の臭《にお》いと藤《ふじ》の花の香りのなかで、人間と半陽鬼《はんようき》はもつれあうようにして倒れこみ、愛を交わしはじめた。

この世のどんな恋人たちよりも激しく、狂おしく。

第五章　黒鉄王《くろがねおう》

多々羅《たたら》は、マヨイガの結界を飛び出した。

外は、箱根《はこね》の山だ。太陽の位置は、ほとんど変わっていない。マヨイガに入ってから、一時間と経《た》っていないだろう。

森のどこからか飛びたった式神《しきがみ》の鷹《たか》が、ふいに多々羅の姿に気づいたようだった。鬼の頭上で、大きな弧《こ》を描きはじめる。

――若、式神が……。

鬼の白い中国服の肩に、どこからともなく現れた蝦蟇《がま》が跳び乗る。

鬼は、灰色の目で眩《まぶ》しげに空を見あげた。

(うるさい式神が)

鷹にむかって、軽く指を弾《はじ》く。

次の瞬間、式神は錐《きり》もみ状態になり、地上に墜落していった。

空中で、その姿は一枚の呪符《じゅふ》に変わり、燃えながら消滅してゆく。

それを確認することもなく、多々羅は身を翻《ひるがえ》して走りだした。

目指すのは、古い鬼孔《きこう》の跡。

(殺してやる。黒鉄も半陽鬼《はんようき》の娘も誰も彼も)

なぜ、自分が絶望しているのかもわからず、鬼は森のなかを駆けぬけてゆく。

その前方で、ゆらり……と妖気《ようき》が動いた。

——若……。

車骨《しゃこつ》が、警告するような思念を放つ。

多々羅は、ゆっくりと足を止めた。

手前の大きな杉の木の陰から、青い中国服の美女——玉花公女《ぎょっかこうじょ》が歩みだしてくる。

薫《かおる》との戦いの激しさを示すように、その中国服には鋭利な刃物で切り裂かれたような跡と大量の血の染《し》みが残っていた。だが、傷自体はとうに治癒したらしかった。

「しくじったようだね、白銀《しろがね》」

公女は多々羅を見、冷ややかに呼びかけてくる。

「母上……申し訳ございません」

白銀と呼ばれた多々羅は、公女の前に跪《ひざまず》いた。

——公女殿下、若を……公子殿下をお叱《しか》りにならないでください。どうか……。

車骨が、恭《うやうや》しく言いかける。

「お黙り！」

ビシュッ！

公女は、白い手を一閃《いっせん》させた。

蝦蟇《がま》は真っ二つになって、地面に落ちた。

「車骨……」

白銀公子は呆然《ぼうぜん》として、蝦蟇を見、母の顔を凝視した。

ヒクヒク動いている胴体を踏みにじり、公女は我が子を見下ろした。

「まだ迷いがあるのかえ？」

「母上……」

白銀は、寒気を覚えたように身震いした。

玉花公女は、血を舐《な》めたような唇で薄く笑った。

「筒井卓也《つついたくや》を殺しそこねるとは、見苦しい。そのような弱腰で、黒鉄が殺せるとお思いかえ？」

どうやら、彼女は結界のなかで起こったことの一部始終を知っているようだった。

「黒鉄は、必ず始末いたします」

強《こわ》ばった表情になって、白銀公子は答える。

「あたりまえじゃ。黒鉄を生かして鬼道界《きどうかい》にかえせば、我ら母子は反逆者じゃ。生きながら引き裂かれ、首級は辻《つじ》にさらされる。たとえ王族であろうと、黒鉄は容赦するまい。わかっておろうな、白銀公子よ。もはや引き返す道はない。いくじなしになって、この母に恥をかかせてくれるな」

「は……」

白銀公子は、頭をたれた。

その頬《ほお》に玉花公女の冷たい手が触れる。

「あの人間の〈鬼使い〉が気に入ったかえ？」

「いえ……そのようなことは」

「隠しても、わらわにはわかっておる。そなたの心など、お見通しじゃ。この悪食《あくじき》めが」

「……母上にはおわかりになりますまい」

ポツリと白銀公子は呟《つぶや》いた。

その黒髪を玉花公女の白い指がぐっとつかむ。

無理やり仰向《あおむ》かされた公子は、母の目を見あげた。

「そなた、変わったな。だが、人間ごときに心を奪われることなど、この母が許さぬ。次に筒井卓也に会《お》うたら、かならず殺せ。ただし、一口たりとも喰《く》ってはならぬ」

公女の命令に、白銀公子はしばらく黙りこんでいた。

それから、静かな声で答える。

「かしこまりました、母上。おおせのままに」

〈鬼使い〉の少年への渇望《かつぼう》と、母親の愛情を秤《はかり》にかけた時、まだ針はかろうじて母のほうをむいた。

幼い頃から、もとめつづけてきたものへ。

しかし、白銀公子は心の底で、母親の関心は別なところにむけられたまま、永遠に自分のものにはならないのだと感じていた。

その虚《むな》しさと心の痛みを忘れるために、彼はひたすらに破滅へと急ぐ。

聡明《そうめい》な白銀公子は、母の企《くわだ》てが成功するとは思っていなかった。

玉花公女の謀反《むほん》は、たとえ成功したとしても、鬼道界《きどうかい》に虚しい戦乱を引き起こし、民草《たみくさ》を苦しめるだろう。

だが、母の言葉どおり、もはや戻る道はない。

(許せ、黒鉄。おまえに恨みはないのだ)

胸のなかで呟《つぶや》いて、白銀公子は遠見《とおみ》の力を秘めた灰色の瞳《ひとみ》を空にむけた。

＊　＊

一方、森のなかを走っていた聖司《せいじ》は、ハッとして足を止めた。

その目の前に、ふわり……と燃え残った呪符《じゅふ》の破片が舞い落ちてくる。

（ほう……もう猫をかぶるのはやめたというわけですか）

聖司の胸の奥に、多々羅――白銀公子の姿が浮かんだ。

ある程度まで、聖司は彼の裏切りを予想していた。式神《しきがみ》が卓也の行方を見失った時も、動揺はしなかった。

聖司には聖司なりの思惑があったためだ。

だが、今、舞い落ちてきた呪符の破片を見て、聖司は自分の冷静な心が波立つのを感じていた。

（私の読みが浅かったようです。こうなると知っていたら、卓也君を一緒に行かせるのではなかった）

心のなかで呟《つぶや》いて、聖司はキッと唇を引き結んだ。

卓也の気配は、相変わらず、わからない。

鬼の使者が現れた後も甥《おい》っ子《こ》が行方知れずなのが、聖司の胸にどす黒い不安をかきたてる。

（無事でいてください。どうか……）

祈るような表情で、聖司は再び山のなかを走りだした。

*　*

夏の陽《ひ》は、しだいに傾きはじめる。

どこかで蟬《せみ》が鳴いていた。

大涌谷《おおわくだに》にある社《やしろ》の前に、二つの人影が現れた。卓也と薫である。

卓也の頰《ほお》はまだ上気し、衣服に隠れた身体《からだ》のあちこちに赤い所有印が残っている。

少年の右手首には、血の滲《にじ》んだ包帯が巻かれていた。ジーンズのポケットには、黒鞘《くろさや》の懐剣《かいけん》――〈藤波《ふじなみ》〉が無造作に突っ込まれている。

薫は、一見すると何も変わっていないように見えた。

しかし、よく見ると、その肌は透明感を増し、唇の色も鮮やかな薔薇色に変わり、眩《まぶ》しいほどの美貌《びぼう》はいっそう輝きを増している。

宝石よりも美しい漆黒《しっこく》の瞳《ひとみ》の奥には、気怠《けだる》げで艶《なま》めかしい光が沈んでいた。

「ここか……」

小さく呟《つぶや》き、卓也は恋人を振り返った。

薫がうなずく。たったそれだけの仕草でも、あたりがパッと華やかになるように思われた。

（こいつ、こんなに綺麗《きれい》だったのか。……って、そんなこと考えてる場合じゃねよ）

卓也は慌てて薫から目をそらし、洞窟《どうくつ》のなかをのぞきこんだ。入り口のあたりはぼんやりと見えるが、奥のほうは真《ま》っ暗闇《くらやみ》だ。

「暗いな……。それに、なんか結界あるみてぇだぞ」

「鬼遁甲《おにとんこう》の迷宮がある」

「やっぱり？　時間、大丈夫なのか？」

「最短距離を行く。遅れるな」

低く言うと、半陽鬼《はんようき》はどこからともなく不思議な呪具《じゅぐ》をとりだした。

二枚の金属の板を重ねてある。下のほうは四角く、その上の板は円い。円い金属板は、CDくらいの大きさだ。二枚の金属板は円い軸で留められ、軸を中心として回すことができるようになっていた。軸のてっぺんには方位磁石が埋めこまれている。磁石の周囲には、北斗七星を象《かたど》った七つの円い点が刻みこまれていた。両方の板の周囲には、八卦《はっけ》の印《しるし》や干支《えと》、星の名前などが細かく描《か》かれていた。

鬼八卦専用の呪具、鬼羅盤《おにらばん》である。鬼羅盤を使えるのは、鬼の血をひくものだけだ。

薫は鬼羅盤を回しながら、進む方向を計算しているようだ。

やがて、薫は先に立って歩きだした。

「こっちだ」

「待てよ。暗くて見えねぇよ」

卓也は手をのばし、薫の紫のスーツの裾《すそ》をつかんだ。

半陽鬼《はんようき》は恋人をチラと見、唇の端に艶《あで》やかな笑みを浮かべる。

白い手がすっと動くと、薫と卓也の周囲に鬼火のようなものが点《とも》った。

青白い炎が、二人の姿を照らしだす。

(綺麗《きれい》だな……。この世のものじゃねえみてぇだ)

卓也は薫の姿を見つめ、かすかにため息をついた。

薫もじっと卓也を見、片手をのばして、少年の首筋をつかみ、引きよせた。

鬼火の明かりのなかで、恋人たちは口づけをかわしあう。

やがて、二人はどちらからともなく闇《やみ》のむこうにむきなおり、ためらうことなく鬼遁甲《おにとんこう》の迷宮に入っていった。

*

*

薫と歩くにつれて、次々に洞窟《どうくつ》のなかの光景は変化した。

発光する苔《こけ》に覆われた洞窟が現れたかと思うと、地底湖が現れ、ふいに開けた崖《がけ》の上のような場所に出現したりする。時おり、瞬間的に、見たこともないような広大な砂漠や、氷河に覆われた谷底、摩天楼の建ち並ぶ大都市などが視界をかすめる。

薫の案内がなかったら、卓也はこの異常な空間のなかで道に迷い、永久にさまよい歩くことになったろう。

半陽鬼《はんようき》は鬼羅盤《おにらばん》を操りながら、たしかな足どりで卓也を導いてゆく。

やがて、二人は巨大なドーム形の洞窟《どうくつ》にたどりついた。

天井が高く、両側の壁も床も灰色の石でできている。

突き当たりには、黒っぽい水をたたえた池がある。池を囲む高い石の壁には、針の穴ほどの小さな穴が一つあいており、そこから一筋の白い光が射《さ》し込《こ》んできていた。

光は、池の中央に浮かぶ純白の石の蓮《はす》の花を照らしだしている。石の花は普通の蓮より遥《はる》かに大きく、花びらの一つ一つが大人の身体《からだ》ほどもあった。

岸辺から石の花にむかって、一筋の黒い石の橋が造られていた。

「なんだ……ここ……」

卓也は、あたりを見まわした。

「古い鬼孔《きこう》の跡だ」

鬼羅盤をスーツの懐《ふところ》にしまい、ボソリと薫が呟《つぶや》く。

「じゃあ、ここが目的地なのか」

それには応《こた》えず、薫は石の蓮の花をすっと指差した。

（ん？）

卓也は、白い石の花を見つめた。

石の蓮《はす》の花の真ん中に、見たこともない幼子が身体《からだ》を丸めて眠っているのに気づく。

（子供……？）

幼子の歳《とし》は五つくらいだろうか。小さな身体を黄色い中国服とズボンで包んでいるのが、愛らしい。色は浅黒く、肩くらいまでの癖のある髪も黒い。子供にしては、はっきりした綺麗《きれい》な顔だちをしている。

額には、卓也のうなじについているのと同じ赤い五芒星《ごぼうせい》の印《いん》がついていた。

「なんで、あんなとこに子供が……」

卓也は、おっかなびっくり黒い石の橋をわたって石の花に近づき、幼子の顔を見下ろした。

なんとなく、妙な気がする。

（なんだろう……。なんか……違和感っていうか……）

隣に来た薫も眉根《まゆね》をよせ、幼子を見つめている。

卓也にはわからなかったが、薫にはこの子供が黒鉄にひどく似ているのがわかったのだ。

（まさか……透子《とうこ》と黒鉄の……）

一瞬、あらぬことを考えた半陽鬼《はんようき》は、岩のような無表情になった。

幼子をながめていた卓也が、首をかしげる。茶色がかったやわらかな髪が、陽《ひ》に焼けた顔の両側で揺れた。

「なあ、この子……気のせいかもしんねぇけど、黒鉄に似てねえか？」

「似ていたら、どうだと言うんだ」

いつになく無愛想《ぶあいそ》な口調で、薫は尋ねかえす。

「だってさあ、もしかしたら、黒鉄の子かもしんねぇじゃん」

ピシッ……。

薫の足もとに、蜘蛛《くも》の巣状の浅い亀裂《きれつ》が走る。

卓也は石の橋を見下ろし、薫の無感動な白い顔を見た。

「なんだよ、薫？　ヒビ……大丈夫か？　橋、崩れるんじゃねえのか？」

「大丈夫だ」

「なら、いいけど。……それにしても、なんで子供がこんなとこに……」

薫は卓也の言葉を黙殺し、子供の額を指差した。

「見ろ」

「ああ、オレもさっき気づいた」

「玉花公女の印《いん》だ」

「じゃあ、こいつも黒鉄と一緒に人質みてぇにされてるのか？　……でも、子供がいるなんて聞いてねぇぞ」

　そこまで言ってから、卓也はハッとして幼子の顔をのぞきこんだ。

「なあ、薫、こいつって……」

「透子は無関係だ」

　ボソリと半陽鬼《はんようき》が呟《つぶや》く。

「へっ？　透子さんがどうかしたのか？」

　言ってから、卓也はまじまじと薫の顔を見、一歩後ずさった。

「まさか……そうなのか、やっぱり⁉　言ったら、やべえかと思って黙ってたのに……！　こいつ、透子さんの子供か⁉　信じらんねえ……！　透子さんと黒鉄の子供っ⁉」

（ありえねえよ）

「そんなわけがあるか」

　露骨に嫌そうな顔になって、薫は卓也を睨《にら》みつけた。

「だよなあ。透子さんにかぎって、そんなことなあ……。でも、だったら、こいつ、誰の子なんだ？」

「それを、今からたしかめる」

　鬼気迫る口調で言うと、半陽鬼は白い手をそっと出した。

薫が幼子の額に触れた時だった。

石の蓮《はす》の花全体が、パーッと赤く光った。

そのとたん、卓也は鬼遁甲《おにとんこう》の迷宮が消滅するのを感じた。

(迷宮が……消えた……)

ふいに、薫が無表情になって後ろに下がった。

赤い光のなかで、幼子の姿が変化しはじめる。身体《からだ》が大きくなり、癖のある髪が長くのびる。五つくらいだった外見も、フィルムの早回しのように見る見るうちに成長してゆく。

(嘘《うそ》……)

気がつけば、そこには大人の姿の黒鉄が意識を失ったまま横たわっていた。

黄色い中国服には、あちこち血の痕《あと》や刀傷が残っている。浅黒い額には、五芒星《ごぼうせい》の印《いん》がついていた。

卓也と薫は、顔を見あわせた。

「なんだよ……！　子供の姿になっていたのは、省エネモードかよ。もしかして、ここで充電中か？」

卓也の言葉に、薫は「もう少し、別の言い方はないのか」と言いたげな目になった。しかし、口に出しては「そうらしいな」と呟《つぶや》いただけだった。

「で、見つけたけど、どうすりゃいいんだ？」

それに答えようとした薫が、ハッとしたように卓也の後ろを凝視する。

（え……？）

数秒遅れて、強烈な鬼の妖気《ようき》が押しよせてくる。

（敵か⁉）

振り返った卓也は、洞窟《どうくつ》を進んでくる白衣《びゃくえ》の鬼の姿を見た。

その全身から強い妖気が立ち上っている。肩までの黒髪は、水中にいるようにゆらゆらと揺らめいていた。

灰色の目にはどこか、あきらめにも似た静かな光が宿っている。

その表情は穏やかだったが、悪鬼《あっき》の形相をするよりも、はるかに怖《おそ》ろしく見えた。

「多々羅……」

卓也の背筋が粟立《あわだ》った。

「来たか」

薫がボソリと呟《つぶや》き、優雅な動作で多々羅にむきなおる。

石の蓮《はす》の花の上に横たわったままの黒鉄は、意識を取り戻さない。

「黒鉄を殺しに来たのか？」

卓也は、低く尋ねる。

「そうです。このような形でお会いするのは残念ですね、卓也殿。……いいえ、筒井卓也」

白衣《びゃくえ》の鬼は優しい声で答え、じっと卓也を見つめた。

卓也は、女物の懐剣《かいけん》をとりだした。長さは二十八センチ。黒い鞘《さや》には金色の塗料で藤《ふじ》の花が描《か》かれている。懐剣は、その拵《こしら》えから〈藤波《ふじなみ》〉と呼ばれていた。

「黒鉄は殺させねえぞ、多々羅」

（透子さんのためにも）

卓也は、懐剣を構えた。

首の後ろの五芒星《ごぼうせい》の印《いん》が、チリ……と痛む。

再び、身体《からだ》の力がぬけるような感覚が襲ってくる。

薫のくれたペンダントでも、やはり完全に五芒星の印の力を封じることはできないようだ。

少年は唇を嚙《か》みしめ、自分の異変を薫にも目の前の鬼にも気取《けど》られないようにした。

（せめて、この戦いが終わるまで、もってくれ……！）

「多々羅ではない。我が名は、白銀公子。玉花公女の長子にして、黒鉄王の従弟《いとこ》」

「白銀……公子？」

（え……？）

卓也は、アーモンド形の目を見開いた。今、耳にしたことが信じられない。

(玉花公女の息子だったのか⁉)

「多々羅と名乗る使者は、人間界へ入ってすぐに殺された。殺したのは、そいつだ」

ボソリと薫が言う。

彼は、いつの頃からか、多々羅と名乗る鬼が本物の使者ではないと勘づいていたようだ。

「入れ替わったわけか……」

卓也は、まじまじと鬼の公子を凝視した。白銀は、妖艶《ようえん》に笑った。

「知っていたのか。薄汚い半陽鬼《はんようき》にしては、上出来だ。では、もう一つ教えてやろう。殺した使者は、多々羅将軍。私の武術指南役だった。鬼道界《きどうかい》でも一、二を争う剣の達人で、幼い頃から私の面倒をみてくれた。優しくて、よい男だった。父とも慕った。だが、母上に使者を殺して入れ替われと命じられれば、やるしかない」

陽《ひ》に焼けた手を胸の高さまであげ、白銀公子はキッと唇を結んだ。

公子の手のひらが白く輝きだす。

白い輝きのなかに、〈魂の輪《たまのわ》〉が浮かびあがってきた。

残る白い玉はわずかに一つ。残りはすべて闇《やみ》の色に変わっていた。

(〈魂の輪〉が……!)

「〈魂《たま》の輪《わ》〉は、もはや一つを除いて漆黒《しっこく》に変わった。黒鉄の死は目前に迫っている。この白い玉が黒鉄の命を吸い尽くした時、呪詛《じゅそ》は完成する」

「呪詛……だと⁉」

「そう。呪詛だ。この〈魂の輪〉の役割は、黒鉄の命数を計るだけではない。真の目的は、黒鉄の命を吸いとり、死に至らしめることだ。〈魂の輪〉を破壊しないかぎり、呪詛は解けない」

白銀公子は、ゆっくりと〈魂の輪〉を首にかけた。

「だが、私を殺さないかぎり、これを破壊することはできぬ。つまりは、黒鉄はこのまま死ぬということだ」

薫が、チラと卓也を見た。

「迷うな。あれは、おまえを喰《く》おうとしたものだ」

「わかってる」

(今さら、迷ったりしねえ)

卓也は懐剣《かいけん》を鞘《さや》から引き抜き、白銀公子にむけた。

〈鬼使い〉の少年と鬼の公子の視線が、空中でぶつかる。

卓也は、白銀公子がかすかに笑うのを見た、ような気がした。

(なんで笑うんだよ……?)

卓也には、白銀の胸を食い荒らす絶望は視《み》えない。

目の前の鬼が、自分自身の破滅にむかって突き進もうとしていることも。

「守護獣《しゅごじゅう》 招喚《しょうかん》！　急々如律令《きゅうきゅうにょりつりょう》！」

懐剣《かいけん》から、真っ白な炎が噴きだした。炎のなかから、三つの顔を持つ猛禽《もうきん》が姿を現す。

右の顔は猪《いのしし》、左の顔は獅子《しし》、正面の顔は人間だ。

あらゆる鳥類の王者で、一日に一頭の竜王と五百頭の小竜を食べるという伝説の魔鳥、カルラ鳥である。

カルラ鳥は、純白の炎を彗星《すいせい》の尾のように引きながら、〈白銀公子〉にむかっていった。

ほぼ同時に、薫がルビーの指輪をはめた左手を鬼の公子にむける。

「火竜《かりゅう》 招喚。急々如律令」

ルビーの指輪が赤く光ったかと思うと、薫の頭上に赤い小さな竜が出現した。

ボボボボボボボボボッ！

火竜は、紅蓮《ぐれん》の炎を噴きだす。

炎は空中でカルラ鳥と一体化し、そのまま白銀公子に襲いかかった。

卓也と薫の合わせ技による攻撃だ。その威力は通常の攻撃の比ではない。

ギシャアアアアアアアーッ！

すさまじい雄叫《おたけ》びが、守護獣の三つの口から響きわたる。

カルラ鳥の鉤爪《かぎづめ》が、白銀公子を引き裂こうとする。

けれども、鬼の公子は素早く両手を胸の前で交差させた。その手には、いつの間にか細身の黒い剣が二本握られている。

「そう簡単に死んでやるわけにはいかんのだ」

二本の剣が、鮮やかにカルラ鳥を切り裂く。魔鳥は白く輝き、パッと散った。

「くっ……！」

術をかえされた形になった卓也は、顔を歪《ゆが》めた。一瞬、剣で切られたような痛みが全身に走る。

「大丈夫か？」

ボソリと薫が尋ねてくる。

「大丈夫だ！」

卓也は唇を噛《か》みしめ、再び身構えた。

白銀公子が二本の剣を構え、「来い」というようにうなずいてみせる。

「二刀流か。武蔵《むさし》かよ。……どうする、薫？　こっちは槍《やり》でも探すか？」

「その必要はない。実力は、こちらが上だ」

美貌《びぼう》の半陽鬼《はんようき》は、無表情に応《こた》える。

「利《き》いたふうな口を！　死ね、半陽鬼！」

勝ち誇ったような声で叫ぶと、白銀公子は二本の剣を構え、走りだした。白い中国服の裾《すそ》が揺れる。

同時に、火竜が真っ赤な炎を噴きだした。

それを合図のようにして、二人の退魔師と鬼の公子は激しく戦いはじめた。

＊　＊

右手の壁から射《さ》し込《こ》む一筋の白い光と、薫の鬼火だけが、洞窟《どうくつ》のなかをぼんやりと照らしだしている。

黒い水をたたえた池の傍《かたわ》らで、卓也たちは戦っていた。

時おり、火竜の炎が石の壁や床を舐《な》める。

紫のスーツをまとった妖美《ようび》な影が、艶《あで》やかに舞う。

白銀公子の剣は一度に二人を相手にしても、まったく隙《すき》がない。見事な剣技だ。

その首にかけられた〈魂《たま》の輪《わ》〉が、挑発するように揺れている。

薫が〈魂の輪〉を見、眉根《まゆね》をよせたようだった。

「卓也」

戦いながら、半陽鬼《はんようき》が〈魂の輪〉を指さす。

(あ……)

卓也も薫の示すものを見、小さく息を呑《の》んでいた。

白かった最後の一つの玉が、マーブル状に黒っぽく濁りはじめている。

黒鉄に残された時間は、もうほとんどない。

「やべえ。早く片づけなきゃ」

そう言いかけた時だった。

卓也のうなじの印《いん》が、チリ……と痛んだ。

同時に、かすかな音をたてて首の鎖が切れた。綿シャツの胸もとをペンダントが滑り落ちていくのがわかる。呪具《じゅぐ》は、この場の妖気《ようき》に耐えかねたのだ。

「くっ……」

軽い目眩《めまい》を覚えて、少年はその場に片膝《かたひざ》をついた。そのままの姿勢で、起きあがることができない。大気が密度を増し、闇《やみ》が足にまとわりつくようだ。

薫がハッとしたように、こちらを振り向く。

「卓也！」

しかし、白銀公子の剣にはばまれ、こちら側に来ることができない。

(ダメだ……。立たねえと)

懸命にあがく卓也だったが、身体《からだ》は思いどおりに動かない。

白銀公子は、薫にむかって黒い剣を一閃《いっせん》させた。

「邪魔だ」

ザシュッ！

刃《やいば》は届かなかったが、太刀風《たちかぜ》をまともに受け、半陽鬼《はんようき》の身体《からだ》が大きく宙に舞う。

（薫！）

白銀公子が、ゆるやかに卓也の真正面に立った。

薫は優美な仕草で着地し、こちらに駆けよってくる。しかし、白銀公子の動きのほうが早かった。

「もう動けまい。哀れだな」

片方の剣を逆手に持ち替え、鬼の公子は卓也を見下ろす。

（やべ……）

「火竜！」

薫の叫びとともに、紅蓮《ぐれん》の炎が洞窟《どうくつ》のなかを噴きぬける。

しかし、炎は白銀公子の手前で横にそれた。鬼の公子は、とっさに妖力《ようりょく》で壁を作ったのだ。

「卓也！」

いつも感情を見せない半陽鬼が、今は不安を露《あらわ》にして大切な人の名前を呼んでいる。

その痛々しい声の響きが、卓也の胸に突き刺さる。

(薫……)

自分が殺されるのも怖《おそ》ろしかったが、それ以上に、薫を置いて行かねばならないことが怖かった。

もしも、自分がいなくなったら、薫はいったいどこで泣けばいいのだろう。

(一人にするわけにはいかねえんだ。あいつ、ああ見えても寂しがりやなんだから……)

けれども、卓也はもう動けなかった。

逆手に握った剣が、振り下ろされる。

(………!)

卓也の首筋をかすめて、剣は石の床に突き立った。目の隅で、黒い剣の刀身がまだ震えている。

卓也は大きく目を見開いたまま、肩で息をしていた。

(なんで……殺さない?)

恐る恐る目をあげると、白銀公子がもう一本の剣を手にしたまま、微笑《ほほえ》んでいる。

「まだ殺しはしない。おまえが死ぬところを、半陽鬼《はんようき》に見せてやらねばならぬから」

言いながら、白銀公子は目で左手のほうを示す。

(え……⁉)

白銀公子の示したものを見た時、卓也は背筋に冷たいものが走るのを感じた。

薫の足もとから、輝く赤い霞《かすみ》のようなものが噴きだしている。

半陽鬼《はんようき》は、懸命に逃れようとしていた。けれども、抗《あらが》えば抗うほど、霞に呑《の》みこまれてゆく。

足が、腰が赤い霞のなかに消え、触手のように持ちあがった霞の一部が紫のスーツの腕や肩にもからみついてゆく。

卓也には、その霞が毒のような妖気《ようき》からできていることがわかった。

「薫……！」

その一瞬、薫の視線と卓也の視線が交わる。

半陽鬼の美しい唇が、「卓也」とかすかに動いた。「すまない」と言おうとしたのか、「愛してる」と言おうとしたのか。

その答えは、わからない。

次の瞬間、禍々《まがまが》しい赤い霞が勢いよく噴きあがり、完全に薫を呑《の》みこんだ。

「逃げろ！　薫！　薫ーっ！」

卓也の叫びに応《こた》えるものはない。

赤い霞は波打つようにして膨れあがり、実体化し、巨大な蓮《はす》の蕾《つぼみ》の形をとった。

蕾はそのまま水晶のように固くなり、透きとおった。芯《しん》のあたりに、紫のものがうっすらと見える。

「白銀！　薫に何をした⁉」

卓也は、鬼の公子を睨《にら》みあげた。

「半陽鬼《はんようき》はおまえに気をとられ、隙《すき》だらけだった。だから、蜻蛉《とんぼ》を捕らえるようにして、私の結界に閉じこめたのだ。死んではいない。意識もあるし、ここの様子を見聞きすることもできる。だが、声をたてることと動くことはできない」

白銀公子は、意地の悪い目をした。

「なんで、こんなことするんだ……⁉」

「このくらいの意趣返《いしゅがえ》しはいいだろう」

白銀公子は水晶の蕾《つぼみ》に視線をむけ、低く呟《つぶや》いた。

彼は、鬼道界《きどうかい》の王族の一人に生まれながら、高い身分のものには珍しい〈竜眼《りゅうがん》〉のせいで、異端者として特殊な目で見られながら育ってきた。

白銀公子の父が、早い時期に亡《な》くなっていたことも特殊な目で見られる要因の一つだった。

世間では、白銀の本当の父が誰なのか、口さがなく噂《うわさ》した。

誰よりも勝ち気な母、玉花公女は我が子が〈竜眼〉を理由に王位から遠ざけられていることが不満だった。

公女は、白銀公子を隠して守り育てるよりは、強引に陽《ひ》のあたる場所に押しだす道を選んだ。

我が子も王位継承権を持つ存在だと、声高《こわだか》に叫ぶ道を選んだのだ。

白銀は公女の望みどおり、文武両道に秀《ひい》で、物腰も優雅な鬼の公子として成長した。

母に恥をかかせるわけにはいかなかったからだ。

やがて、白銀は母の意思に従わなければ、自分は愛してもらえないのだと思うようになった。

玉花公女は、そんな息子の気持ちに気づかなかった。

彼女もまた、鬼道界《きどうかい》で勝ち残るために必死だったのだ。

白銀公子は常に自分は幸福ではなく、何かが足りないのだと感じていた。

それが何かわかったのは、人間界に来て、筒井卓也に出会ってからだった。

――オレは薫にだったら、喰《く》われてもいい！　でも、ほかの奴は嫌だ！

卓也のあの時の言葉は、氷の刃《やいば》となって白銀の心を切り裂いた。

鬼の公子は、卓也の心を独り占めしている半陽鬼《はんようき》が憎いと心の底から思った。

卓也を自分のものにし、喰い尽くしたかった。

だが、白銀は母に筒井卓也を殺せと命じられた。

母の命令に逆らえない自分への怒りと憎悪《ぞうお》、誰よりも大切な相手を殺さねばならない自己憐憫《れんびん》が、鬼の公子の胸を喰《く》い荒《あ》らしている。

「もう何もかも終わりにしよう。人と鬼がうまくゆくはずなどない」

冷ややかな声が、洞窟《どうくつ》の天井に木霊《こだま》した。

「何……言ってんだよ⁉　オレと薫は、ダメになったりしねえぞ！　勝手に決めつけるな！」

「そういうわけではないのだが……いいだろう。今、ここで、おまえたちの縁は終わる。私の前で、誰一人として幸福になることは許さん。特に、篠宮《しのみや》薫はな」

（こいつ、薫に嫉妬《しっと》してんのか⁉）

卓也の胸の奥から、憤《いきどお》りがこみあげてきた。

「バカ野郎！　薫だって、いいことばっかじゃねえんだぞ！　あいつだって、いろいろ、つらいことがあるんだ！　なんにも知らねえくせに、勝手に妬《ねた》んで、わざわざ嫌がらせすんのか！」

少年の脳裏に、遠い日の光景が甦《よみがえ》ってきた。

命を懸《か》けて、実の父と戦う薫の姿。

閉鎖された香港《ホンコン》の空港。その滑走路だった。

激しい雨が、父子の上に降り注いでいた。

薫の額には、輝く輪の形をした呪具《じゅぐ》、制鬼輪《せいきりん》が痛々しく食いこんでいた。

彼の父、篠宮京一郎《きょういちろう》が放った制鬼輪《せいきりん》は、じわじわと薫の力を削《そ》いでゆく。制鬼輪のもたらす激痛に顔を歪《ゆが》め、それでも立ち上がろうとした美貌《びぼう》の半陽鬼《はんようき》。鬼は涙を流さない。

けれども、薫が人ならば、あの時、涙を流して泣いていただろう。

（薫……）

そうして、一昨年の冬の鬼道界《きどうかい》の王、羅刹王《らせつおう》との最後の戦いが卓也の脳裏に浮かぶ。西新宿《にししんじゅく》に現れた爛漫《らんまん》の桜の巨木の下で、薫は羅刹王に操られた父と戦った。戦いのなかで、京一郎は己を取り戻し、すべての悲しみの源であった羅刹王に戦いを挑み、力尽きて死んだ。

憎みつづけた父を失い、放心したように桜の下に立ちつくす薫の小さな背中。

篠宮京一郎は逝《い》ったが、父子の戦いはまだつづいている。

薫が生きているかぎり、永遠に終わらないのかもしれない。

決着をつけるべき相手を唐突に失って。

薫の心の奥底には、いつまでも、父に愛されたいと必死に願いつづけている幼い子供がいる。

結局のところ、京一郎は我が子を憎みきれなかった。憎んでいると思いこんでいた時でさえ、心のどこかで愛していた。

しかし、薫がそれを知ることはない。

「言いたいことは、それだけか」

白銀が、パチンと指を鳴らす。

そのとたん、あたりの光景が変わった。

どこからともなく、はらり……と紫の花が舞い落ちてきた。

花は藤《ふじ》だ。独特の甘い香りがしてくる。

(藤……?)

目をあげた卓也は、戦慄《せんりつ》した。

周囲は、どことも知れない神社の庭に変わっている。

玉砂利《たまじゃり》を敷き詰めた参道のむこうに、黒い水をたたえた池と大きな石の蓮《はす》の花があり、黒鉄が横たわっている。

石の花の手前には、薫を封じた水晶の蕾《つぼみ》。

参道の左右にはどこまでもつづく藤棚があり、幾千万もの花房が揺れている。

卓也と白銀公子の傍《かたわ》らには巨大な藤の大木があり、花全体がぼーっと薄紫に輝いていた。

(嘘《うそ》……!?)

「なんだ……ここ!?」

「ここもまた、私の結界だ。おまえの心のなかから、ふさわしい舞台を選びだしてみた。気に入ってくれるとうれしいが」

白衣《びゃくえ》の鬼が黒い剣の柄《つか》を握ったまま、ゆっくりと屈《かが》みこんでくる。

卓也は鬼の胸もとに、〈魂《たま》の輪《わ》〉が揺れているのに気がついた。白い玉は、すでにほとんど闇《やみ》の色に染まりかけている。

(やるしかねえ。これが最後のチャンスだ……)

不安と恐怖を押し殺し、卓也は〈魂の輪〉と自分との距離を目で測った。

もう少し近くに来れば、奪いとることができそうだ。

(どうする？　やるか？)

決断するには、あらんかぎりの勇気が要った。

卓也は、大きく息を吸いこんだ。

失敗すれば、おそらく自分の命はない。薫を助けることもできないだろう。

黒鉄は死に、二つの世界は再び戦乱に巻きこまれるかもしれない。

(怖がるな。きっとできるはずだ)

胸の奥に、薫の姿を思い浮かべる。

人に馴《な》れない野生の獣のようだった薫が卓也にだけ見せてくれる、安心しきったような安らかな顔。

手足を投げだし、目を閉じて眠る静かな姿。

そして、卓也を見つめて微笑《ほほえ》む時の、透きとおるように綺麗《きれい》な眼差《まなざ》し。

——おまえが無事でよかった。

あの笑顔を守るために。

(見ていてくれ、薫。オレ、がんばるから……)

「ああ、甘い香りがする……」

白銀公子の眼差しが揺れたようだった。

陶然として身をよせてくる鬼の姿を見つめ、卓也は身震いした。恐怖が足もとから這《は》いあがってくる。

「頼むから、許してくれ。殺さねえで……」

「今さら、そんなことを言っても遅い」

白銀公子がささやく。

卓也は大きく目を見開き、唇を震わせた。

「もうダメだ……。オレ、喰《く》われちまう」

言いながら、手だけはそろそろと〈魂《たま》の輪《わ》〉のほうにのばしてゆく。

白銀公子は、気づかないようだった。

「観念するがいい、筒井卓也」

「嫌だ……。死ぬのは嫌だ。怖い……。オレ……死んじまう」

言いながら、卓也は〈魂《たま》の輪《わ》〉をそっとつかんだ。

(許せ)

霊力を叩《たた》きこもうとして、卓也は一瞬、ためらった。

一度は仲間として会話した相手を殺すことへの躊躇《ちゅうちょ》がある。

敵を殺すのは、退魔師なら当然のことだ。殺さなければ、殺される。

だが、卓也はそこまで非情にはなれなかった。

自分を喰《く》おうとし、今も殺そうとしている鬼にも鬼なりの心があり、悲しみがあるのがわかっていたからだ。

その時、白銀公子が胸もとの〈魂の輪〉をつかむ卓也を見下ろし、このうえもなく優しく微笑《ほほえ》んだ。

「どうした？　やらないのか？」

「白銀……」

卓也の全身が、硬直した。

(知ってたのか……オレが〈魂の輪〉を狙《ねら》ってたこと)

背筋が冷たくなり、胸の鼓動が速くなる。

しかし、白銀公子が反撃してくる気配はない。

「どうした？　〈鬼使い〉？」

（こいつ……オレが攻撃するのを待ってる？　なんで？）

白銀公子は、ひどく切なげに卓也を見下ろした。

「敵は倒せても、一度、心を開いた相手には非情になれない。それが、おまえの弱さだな、筒井卓也」

「黒鉄を殺すのをやめて、薫を放せ。……そうしたら、オレは……」

（逃がしてやるから）

卓也の内心の想《おも》いを読みとったように、白銀公子はそっと首を横にふった。

その顔が一転して、酷薄なものに変わる。

「もう遅い」

強い妖気《ようき》が立ち上るのを感じたとたん、卓也は反射的に〈魂《たま》の輪《わ》〉に霊力を叩《たた》きこんでいた。

「急々如律令《きゅうきゅうにょりつりょう》！」

パンッと大きな破裂音がして、〈魂の輪〉が粉々に砕け散った。

白銀はとっさに卓也から飛び離れ、すっと着地する。

その額に、一筋の赤い筋が走っている。〈魂の輪〉の破片は、鬼の公子にかすり傷しかあたえなかったのだ。

（黒鉄は……？）

卓也は、チラと黒鉄のほうを見た。

しかし、長身の鬼はぐったりと横たわったまま、目を開こうとしない。

（ダメ……だったのか？　遅すぎた……？）

不安が胸に忍びよってくる。

「安心するがいい。黒鉄はまだ生きている。だが、〈魂《たま》の輪《わ》〉に妖力《ようりょく》を吸い尽くされ、もはや虫の息だ。私が触れただけで死ぬ。……しかし、まずは、おまえと篠宮薫の始末が先だ」

白銀公子は、凄《すご》みのある目で卓也をじっと見た。

卓也は慌てて座ったまま後ずさりし、逃げようとする。

ゆらり……と鬼の公子が前に出てきた。

「苦しいな。これほど苦しいものとは思わなかった。なぜ、こんな気持ちにさせる、人間？　その肌の香りで、私をたぶらかすつもりか？　私のことなど、なんとも思っていないくせに、なぜ誘う？」

白銀公子は、ゆっくりと黒い剣を卓也にむけた。冷たい殺気が吹きつけてくる。

「オレは、誘ってなんかいねえ！」

しかし、白銀公子は卓也の言葉など聞いていない。

「やはり、生かしてはおけないようだ」

ぶんと剣が風を切る。

卓也は懸命に後ずさりし、立ちあがろうとした。

ザザッと風が鳴り、爛漫《らんまん》の藤《ふじ》の花房がいっせいに揺れる。

甘い香りが立ちこめた夜のなかで、狂気を秘めた灰色の眼《まなこ》の鬼が卓也に斬《き》りかかってくる。

その必殺の一撃をどうやってかわしたのか、卓也にはわからなかった。

気がつくと、背中が固い岩のようなものに押しつけられている。

振り返って見はしなかったが、薫が閉じこめられている水晶の蕾《つぼみ》だとわかった。

(薫……そこにいるんだろ？　オレ、がんばったけど、マジでやばいかもしんねえ。ごめんな)

「死ね！　筒井卓也！」

黒い剣が、まっすぐ突きこまれてくる。

卓也は、避《よ》けようとした。だが、消耗しきった身体《からだ》はいつもより反応が鈍い。

(しまった！)

ザシュッ！

鋭利な刃《やいば》は、少年の腹部に深々と突き刺さった。

「…………！」

焼けつくような激痛に卓也は息を呑《の》み、全身を強《こわ》ばらせた。吐き気がこみあげ、目の前が白っぽく霞《かす》みはじめる。

（息が……できねえ……）

白銀公子が虚脱したような表情で、こちらを見下ろしている。しかし、卓也はそれにも気づかなかった。

呼吸しようとしても、腹部から全身に広がる激痛が邪魔をする。

（ダメだ……オレ……もう死ぬ……）

そう思った時だった。少年の背後から幻のような白い手がすっとのび、傷ついた卓也の身体《からだ》をかき抱いた。

（薫……？）

白い手に触れられると、卓也の痛みがやわらいだ。目の前が、ほんの少しだけはっきり見えるようになる。

薫の肉体は、今なお水晶の蕾《つぼみ》のなかにある。

だから、それは実体ではなく、重傷を負った卓也の見た幻だったかもしれない。

あるいは、水晶の蕾のなかで必死に卓也を想《おも》う薫の思念が、形をとったのかもしれない。

それでも、白い腕は傷ついた卓也をしっかりと抱きしめた。

だが、白銀公子の灰色の目には、卓也を抱く白い腕は視《み》えない。

公子はおずおずと手をのばし、卓也の頬《ほお》に触れようとした。しかし、何かが邪魔したように、その手は少年の肌には届かない。

「……まだ私を拒むのか、筒井卓也？　どうして？」

ひどく切なげな表情で、鬼の公子は卓也の首筋に顔をよせ、そこに歯を立てようとした。

けれども、それもまた視えない力に拒まれる。

白銀公子は、狂おしい目をした。

「やはり、喰《く》いたい。たとえ、おまえが私を愛していなくとも」

ささやく声には、鬼なりの誠がこもっていた。

卓也は大きく目を見開き、白銀公子の広い肩を、艶《つや》やかな黒髪を、豪華な飾り物のような銀色の角を見た。

（オレが二人いたら、かなえてやれたかもしれねえのに……）

そう思うのは、傲慢《ごうまん》なことかもしれない。

「でも……オレは……薫以外の奴には喰われたくねえ」

かすかな声で呟《つぶや》くと、白銀公子の端正な顔に憎悪《ぞうお》と絶望の色が浮かんだ。

「では、望みに反して喰《く》ってやろう。永久に我がものとなるがいい」

鬼の牙《きば》が、弱々しく抗《あらが》う卓也の皮膚を破ろうとする。

その刹那《せつな》。

ビシュッ！

赤く輝く妖気《ようき》の鞭《むち》が、背後から白銀公子の首に巻きついた。

「ぐっ……！」

（え……⁉）

卓也は、霞《かす》む目を見開いた。

勢いよく後ろに引き戻され、倒れかけた鬼の公子の傍《かたわ》らに青い中国服の美女が現れた。

「白銀、この愚か者めが！」

腕のひとふりで妖気の鞭を白銀公子の首から外すと、玉花公女が鋭い声で言う。

「あれほど言うたのに、まだ人間を喰おうとするか⁉」

鞭から逃れた白銀は喉《のど》を押さえ、苦しげに顔を歪《ゆが》めている。

（なんだ……この女……）

玉花公女は、憎悪《ぞうお》に満ちた瞳《ひとみ》で卓也を見下ろした。

「ええい。甘い匂《にお》いがする。嫌な臭《にお》いじゃ。これに我が子も惑わされたか。聞きしにまさる魔性《ましょう》の香りじゃ。生かしておいては、鬼道界《きどうかい》のためにならぬ。わらわがこの手で引き裂いてくれよう」
赤い妖気《ようき》の鞭《むち》が無造作に投げ出され、バチバチッと火花を散らして消えた。
(まずい……。このままじゃ……)
卓也には、もう抵抗する力は残っていない。
鬼女の白い手が、すっとあがった。その手には、刃物のような鋭い鉤爪《かぎづめ》が生えている。
(やられる……!)
そう思った瞬間。
ドシュッ!
白銀公子が身体《からだ》ごと、玉花公女にぶつかった。
「ぐ……うっ……」
玉花公女がぎくしゃくと両手をあげ、自分の青い中国服の胸を押さえた。
その指のあいだから血が滲《にじ》みだし、黒い剣の切っ先が突きぬけてくる。
「白銀……」
公女の唇から、血があふれだしてきた。
(嘘《うそ》……)
卓也もまた、呆然《ぼうぜん》として、この光景を見守っていた。
「筒井卓也は、殺させません」

静かな声で、白銀公子が言う。

「そなた……それほどまでに人間を……。許さぬぞ……白銀……」

「わかっております」

背後から母を刺した白銀は悲しげな瞳《ひとみ》で答え、黒い剣を無造作に引きぬいた。

この時、卓也のうなじの五芒星《ごぼうせい》がふっと消えた。

(身体《からだ》が……)

卓也は、霊力が戻ってくるのを感じた。

どうやら、公女の力が弱まったため、鬼の印《いん》の支配力も消えたらしい。

公女はよろめき、その場に倒れこんだ。玉砂利《たまじゃり》を血が赤く染めてゆく。

それを見下ろし、白銀公子はそっとささやいた。

「母上、お許しください。私はこの人間を喰《く》います」

「お……のれ……白銀……！　この母を殺すか……！」

「罪業《ざいごう》は白銀の命あるかぎり、背負ってまいります。どうぞ、安らかにお眠りください。鬼道界《きどうかい》の玉座《ぎょくざ》も、およばずながら、この私が受け継ぎましょう。母上を反逆者にはいたしませぬ」

恭《うやうや》しく一礼すると、白銀は卓也の前にすっと立った。

卓也と鬼の公子の視線が、ぶつかりあう。

「許せとは言わぬ、筒井卓也。だが、これが私の誠だ」

「オレは、喰《く》っていいとは言ってねえからな！　おまえに喰われたくなんかねえ……！」

「わかりあえなかったのは残念だ」

鬼の指が、少年の首をぐっとつかむ。

そのまま、白銀公子は卓也の頸動脈《けいどうみゃく》のあたりに牙《きば》を突き立てようとする。

（ダメだ……オレ……喰われる）

卓也は、大きく目を見開いた。

その瞬間、二人の周囲が陽炎《かげろう》のように揺れた。

（え……？）

揺れる空気のなかに、細かいキラキラした光の粒が無数に現れはじめる。

輝く粒は、すべてダイヤモンドである。

光の粒は、霞《かすみ》のように鬼と〈鬼使い〉の少年をとり囲んだ。

まるで小さな銀河のなかに立っているような光景だ。

燦然《さんぜん》と煌《きら》めく銀河が現れたのは、一瞬だった。無数のダイヤモンドの粒は、すっと二人の背後に吸いこまれてゆく。

そこには、水晶の蕾《つぼみ》がある。

「な……に……!?」

白銀公子が何かを感じたのか、一歩後ろに下がろうとする。

それより早く、水晶の蕾《つぼみ》のなかから、日本刀に似た剣が突きだしてきた。剣は全体が透きとおり、美しく煌《きら》めいている。

ダイヤモンドの剣である。

(嘘《うそ》……!)

ズシュッ……!

ダイヤモンドの剣の切っ先は、卓也の身体《からだ》を影のように通りぬけ、白銀公子の胸を貫いた。

「ぐ……」

水晶の蕾が縦二つに割れ、地面に落ちる。

割れた水晶の破片のなかから、煌めく剣を手にした妖美《ようび》な影が姿を現す。

薫は無表情のまま、ダイヤモンドの剣を横に払った。

白銀公子の胸から血が飛沫《しぶ》き、くの字形に折れ曲がった身体が横ざまに倒れこむ。

「薫……!」

卓也は恋人を見つめた。

まだ信じられない。

半陽鬼《はんようき》は酷薄な表情で、血潮に濡《ぬ》れて転がる鬼の公子を見下ろした。

「俺のものに手を出すな」

冷ややかな声に、瀕死《ひんし》の鬼の公子が弱々しく目をあげた。

しかし、もう口をきくことはできないようだった。

薫は、止《とど》めは刺さなかった。放《ほう》っておいても、もう白銀には反撃する力がないのがわかっていたのだろう。

「歩けるか？」

卓也に視線をむけ、ボソリと尋ねる。

「え……？」

(でも、オレ、刺されて……あれ？)

卓也は自分の腹の傷を見下ろし、目を瞬《しばた》いた。黒い剣も血の痕《あと》も、どこにもなかった。

刺されたと思ったのは、幻だったのだろうか。

薫の手のなかのダイヤモンドの剣がパッと砕け、もとの無数の光の粒に変わって消滅する。

半陽鬼《はんようき》は「行こう」と言いたげに、卓也にうなずいてみせる。

その時、ふいに、あたりが激しく揺れはじめた。

ゴゴゴゴゴゴゴッ！

「うわっ……！」

思わず、卓也はよろめいた。

薫がすっと手をのばし、卓也の腕をつかんでささえてくれる。

やがて、玉砂利《たまじゃり》と藤《ふじ》の花は幻のように消え、もとの洞窟《どうくつ》が戻ってきた。

(戻った……)

「ここは剣呑《けんのん》だ。黒鉄を連れて帰るぞ」

半陽鬼《はんようき》が、石の花のほうを目で示す。

「あ……ああ。わかった」

二人が石の蓮《はす》が浮かぶ池のほうに歩きだした時だった。

背後で、ゆらりと妖気《ようき》が動いた。

(え……？)

振り返ると、血みどろの玉花公女が床を這《は》いずり、白銀公子に近づいてゆくのが見えた。

(まだ生きてたのか……)

なんという鬼の生命力だろう。思わず、卓也はゾッとした。

「白銀……吾子《あこ》や……」

苦しげな声を絞りだし、鬼女は我が子の身体《からだ》をつかみ、自分の胸に抱きよせた。

白銀公子の目蓋《まぶた》がかすかに震え、わずかに灰色の目が開く。

だ。


「は……はうえ……」

「しっかりするのじゃ、白銀……」

鬼女の指が、懸命に白銀の頬《ほお》を撫《な》でさする。

白銀は不思議そうに母親を見あげ、聞こえるか聞こえないかの声でささやいた。

「なぜ……お泣きになるのです……？」

鬼女の目に涙はない。けれども、白銀には母が涙を流さずに泣いているのがわかったのだ。

「我が子が傷ついているのに、泣かぬ親がおろうか」

切なげな表情で、玉花公女は答える。

白銀の灰色の瞳《ひとみ》が、潤んだようだった。いや、それも錯覚だったろうか。

「愛されていないと……思っておりました……」

「そのようなこと……。わらわのただ一人の息子じゃ。愛《いと》しくないわけがない……」

公女の言葉に、一瞬、白銀は幼い子供のような目をした。

長いこと望んでも得られなかったものが、ついに得られた。

けれども、それは死の間際《まぎわ》のこと。

うれしかったのだろうか。それとも、恨めしかったのだろうか。

「母上……はは……うえ……」

白銀公子の身体《からだ》が痙攣《けいれん》し、青ざめた唇の端から血がつっと流れだした。

「吾子《あこ》や……！　吾子！」

公女の腕のなかで、鬼の公子の目が閉じ、首がかくんとのけぞった。それきり、彼の妖《よう》気《き》は幻のように消《き》え失《う》せる。

玉花公女は、呆然《ぼうぜん》としたように我が子を抱きしめていた。その身体は、白銀公子の血に濡《ぬ》れている。

卓也と薫は、目と目を見交わした。

(なんか、ちょっとかわいそうかも)

そう思った時だった。

玉花公女の唇から、凶鳥のような叫びがもれた。

「許さぬ！　許さぬぞ！」

ふいに、鬼女は白銀を離し、弾《はじ》かれたように跳びあがった。

(げっ……！)

たった今まで、瀕死《ひんし》の状態だった女が目を爛々《らんらん》と輝かせ、全身から嵐《あらし》のような妖気を放出している。

「気をつけろ。正気じゃない」

ボソリと薫が言った。

「ああ……。やばいな」

卓也も身構える。

「よくも吾子《あこ》を……！　薄汚い人間と半陽鬼《はんようき》めが！」

玉花公女は甲高《かんだか》い声で笑いながら、我が子の血に濡《ぬ》れた両手を頭上に突きあげた。

炎のような妖気《ようき》が噴きあげる。

次の瞬間、玉花公女の全身が青い炎に包まれたようだった。炎は、ねじれながら洞窟《どうくつ》の天井にむかって立ち上り、見る見るうちに青い火柱に変わる。

（え……⁉）

火柱のむこうで女の姿がよじれ、ねじ曲がり、異形《いぎょう》のものに変化してゆく。

身体《からだ》が長く引き延ばされ、手足が鉤爪《かぎづめ》の生えた脚に変わり、髪がぬけ落ちる。膨れあがる胴体は鱗《うろこ》に覆われ、額が盛り上がり、口が耳まで裂けてゆく。

火柱のなかにいるのは、今や巨大な青竜《せいりゅう》だった。鹿《しか》のような銀色の角と牛のような耳、鋭い鉤爪の生えた四本の脚、不気味な黄色い目。翼は生えていない。

太い牙《きば》がびっしり生えた顎《あご》は、人間など一撃で嚙《か》み砕《くだ》いてしまいそうだ。

「竜……！」

卓也は呆然《ぼうぜん》として、玉花公女であった青竜を凝視した。

——この人間が！　ようも吾子《あこ》をたぶらかしてくれたものよ！　そなたに会《お》うたあの

時、引き裂いておけばよかったのじゃ。人間風情《ふぜい》と思って、甘くみたわ。よもや、これほどの魔性《ましょう》の力を持っているとは思わなんだ！　死ぬがよい！

青竜は炎をふりはらい、鱗《うろこ》を煌《きら》めかせて卓也たちのほうに急降下してきた。

薫と卓也は同時に身構え、左右に跳んだ。

第六章　夜明けの半陽鬼《はんようき》

しだいに、洞窟《どうくつ》のなかの闇《やみ》が濃くなってくる。

右手の岩の壁から射《さ》し込《こ》む一条の光だけが、あたりを照らしだしている。

光の輪のなかには石の蓮《はす》の花と暗い水をたたえた池があり、石の蓮の上には今なお意識のない黒鉄《くろがね》が横たわっていた。

時おり、青竜《せいりゅう》の吐きだした稲妻が壁を照らし、天井を焦がす。

戦いは、卓也《たくや》たちが押され気味になっていた。

(やべえ……。どうやって倒せばいいんだよ)

左肩と右手首の痛みをこらえながら、卓也はチラと薫《かおる》のほうを見た。

美貌《びぼう》の半陽鬼は無表情だが、森での公女との戦いの影響が出てきたのか、しだいに動きが鈍くなってきている。

——死ぬがいい！　半陽鬼め！

公女の思念が響きわたる。

ドドドドドドドドーンッ！

鉤爪《かぎづめ》の先から稲妻が閃《ひらめ》き、卓也と薫を襲う。

「うわっ！」

卓也はかろうじて避《よ》け、薫を振り返った。

「ダメだ、このままじゃ！　動きを止めねえと！」

「わかっている」

薫が呟《つぶや》いた時だった。

――来たれ、我が眷属《けんぞく》よ！　力を示せ！

青竜の頭から背中にむかって、青い火花のようなものが走りぬけた。

激しい振動が響きわたる。

つづいて、白い光の射《さ》し込《こ》む岩の壁のあたりで、何かが動いた。

（え……？）

卓也は岩の壁をすりぬけ、半透明の影がこちらに近づいてくるのに気づいた。

影は、一つ角の鬼の形をしている。ぜんぶで四、五体いるだろうか。だらりと垂れ下がった両手の先には、鋭い鉤爪が生えているのがわかった。

（鬼……⁉　なんで、半透明なんだよ……⁉）

影のような鬼たちは、卓也と薫に襲いかかってくる。

薫が流れるような動作で、先頭にいた一体を消滅させ、後ろに忍びよってきた一体を手刀で切り裂いた。ほとんど振り返りもしない。

(すげえ……)

戦いながら、卓也はチラと薫を見、左手から襲いかかってきた半透明の敵に懐剣《かいけん》で切りつけた。

予想外に、固いものを切ったような衝撃が走り、手首の傷がズキリと痛んだ。

(固《か》ってえ……。なんだよ、こいつら)

影のような鬼は卓也に切られて、ふっと消え失《き》せ《う》る。

「後ろだ」

ふいに、薫がすっと白い手があげた。ルビーの指輪が赤く輝く。

火竜《かりゅう》が、卓也のほうにむかって火炎を吐きだした。

ボボボボボボボッ！

(え……!?)

ハッとして、見ると、卓也の斜め後ろで、やはり半透明の鬼が炎に包まれていた。

卓也は、かすかに身震いした。薫が攻撃してくれなければ、やられていた。

薫は残りの半透明の鬼を片づけ、すでに青竜との戦いに戻っている。

卓也は唇を食いしばり、右手首を握りしめた。包帯ごしに、血が滲《にじ》みだしているのがわかった。

それでも、卓也は走りだす。

この戦いを、薫にだけまかせておくわけにはいかない。

〈オレだって、〈鬼使い〉だ。たとえ、相手が鬼道界《きどうかい》の王族でも……負けねえ。負けるわけにはいかねえ〉

「来るな！」

卓也の動きに気づいたのか、半陽鬼《はんようき》が叫ぶ。

「おまえだけ、戦わせるわけにはいかねえんだよ！」

卓也も叫びかえし、懐剣《かいけん》を握りなおした。

ギシャアアアアアアーッ！

青竜が脅すように咆吼《ほうこう》し、長い尻尾《しっぽ》を卓也に叩《たた》きつけようとする。

――そなたも死ね！

卓也は頭上に迫る尻尾を見、横に跳んだ。しかし、勢いよくむきを変えた尻尾が卓也を力いっぱい薙《な》ぎ払《はら》おうとする。

〈やられる……!?〉

その時、薫がスーツの懐《ふところ》から何か淡紅色のものをとりだし、頭上に掲げた。

淡紅色のものは、石楠花《しゃくなげ》の花だ。

その花にどんな力があったものか、鱗《うろこ》の生えた尻尾《しっぽ》が、卓也のすぐ側《そば》でピタリと止まった。青竜は怒りの思念を発する。

——おのれ……！　その花はなんだ⁉　そのようなもので、わらわを止めることができると思うたか！

ギリギリと青竜が歯を鳴らすと、石楠花《しゃくなげ》の花びらの端に裂け目が走った。

あたりの空気が、震えたようだった。

「長くはもたん。おまえは黒鉄を連れて、脱出しろ」

静かな声で、薫が言う。

卓也は恋人の顔を見、即座に答える。

「できねえよ！」

「このままでは、二人とも死ぬぞ」

石楠花の花で巨大な青竜を押しとどめたまま、美貌《びぼう》の半陽鬼《はんようき》がそっと言う。

「せめて、任務を果たせ」

「嫌だ……！　オレだけ助かるなんて！」

言いかける卓也の言葉に覆いかぶせるようにして、薫が言う。

「この戦いで、鬼道界《きどうかい》へ通じる穴が開いた。今もどんどん広がっている。あの影もその穴から来た」

「影って……あの一つ角の鬼か……？」

そうだというように、薫は目でうなずいてみせる。

「影の侵入を許せば、次は実体がやってくる。もう時間がない。鬼孔《きこう》ごと青竜を破壊する」

「待てよ……！　それじゃ、本当におまえも死んじまう……！」

卓也は、目をみはった。

信じられない。

（嫌だぞ、絶対に……）

「なんで、そんな自爆みてぇな技……！　ほかにやり方はねぇのか⁉　あるだろ⁉」

卓也の問いに、薫は一瞬、ためらったようだった。

「ないことはない」

「あるんだな！　何をすればいい⁉」

「青竜の妖気《ようき》は乱れている。今なら、金気《ごんき》で倒せる。だが、金性《ごんしょう》の呪具《じゅぐ》はここにない」

「〈藤波《ふじなみ》〉は⁉　これも金気だぞ！」

「カルラ鳥だけでは足りん。……俺にできるのは木気《もっき》で押さえることだけだ。行け、卓也」

薫は別れを告げるように、恋人の顔をじっと見た。

青竜がギラギラ光る目だけを動かし、石楠花《しゃくなげ》の花を見た。

――ええい……邪魔な花だ。そのようなもの……！

石楠花の花全体が、小刻みに震えはじめた。

「くっ……」

薫が、美しい顔を歪《ゆが》める。

よほどの負担がかかっているのか、白い肌が蒼白《そうはく》に変わっていた。

（薫……）

「急げ……。時間がない」

苦しい息の下から、薫が言う。

卓也は、唇を嚙《か》みしめた。

それから、転がるようにして青竜から離れ、左肩と右手首の痛みを押し殺し、懸命に霊力を集中させる。

（頼む……！）

いつもより、長い時間がかかった。それでも、卓也の傍《かたわ》らに紫衣《しえ》の童子が出現する。

薫が童子を見、卓也を見、不思議そうな瞳《ひとみ》になった。

卓也は恋人にむかって、微笑《ほほえ》んでみせる。

（いくぞ、チビ！　薫に見せてやろうぜ！）

紫衣《しえ》の童子が小さくうなずき、ふわりと宙に舞った。
動きを封じられた青竜の目だけがギョロリと動き、それを追いかける。
童子は青竜をはさんで、卓也と正反対の位置に降り立った。
「よし……！」
卓也は大きく息を吸いこみ、懐剣《かいけん》を青竜にむけた。
紫衣の童子もまた、どこからともなく、玩具《おもちゃ》のように小さな黒鞘《くろさや》の懐剣をとりだした。
懐剣の鞘には、金の蒔絵《まきえ》で白虎《びゃっこ》が描かれていた。
薫が藤丸の懐剣を見、ハッとしたような目になる。
（金性の呪具《じゅぐ》か。いつの間に……）
「臨《りん》、兵《ぴょう》、闘《とう》、者《しゃ》……」
卓也は、懐剣で九字《くじ》を切りはじめた。
藤丸も小さな懐剣を青竜にむけ、反対側で同じ動作をくりかえす。
ビシッ！　ビシッ！　ビシッ！
二本の懐剣が宙を切るたびに、青竜の周囲に縦横九本の輝く光の筋が現れる。
それは、光の檻《おり》のように青竜を封じこめた。
「皆《かい》、陣《じん》、列《れつ》、在《ざい》、前《ぜん》！」
（やった……！）

ギシャアアアアアーッ！

青竜が狂ったように咆吼《ほうこう》する。

――やめろ！　何をする⁉　人間め！

しかし、光の檻《おり》はびくともしない。

「薫……！　力を貸せ……！」

卓也は必死に懐剣《かいけん》に霊力を注ぎこみながら、叫ぶ。

（金性《ごんしょう》の呪具《じゅぐ》で力を削《そ》ぎ、九字《くじ》で動きを止めたか）

美貌《びぼう》の半陽鬼《はんようき》は「無茶をする」と言いたげな目になった。

しかし、次の瞬間、石楠花《しゃくなげ》の花を宙に投げあげ、走りだす。

淡い紅の花が、空中でちぎれ飛んだ。

――殺す！　皆殺しじゃ！

青竜の思念とともに、次々と稲妻が石の壁や床を直撃しはじめた。

大気を裂くような音とともに、轟音《ごうおん》が響きわたる。

「く……うっ……！」

卓也はうめき声をもらし、顔をしかめた。藤丸の姿が足のほうから、半透明になってきた。

（やばい……。もちこたえられねえ……）

卓也の頭がガンガン痛み、視界に霞《かすみ》がかかりはじめる。

それでも、少年はあらんかぎりの霊力をふりしぼり、青竜を押さえつづける。

光の檻《おり》がミシミシ軋《きし》み、縦横九本の光の筋のあいだから、鉤爪《かぎづめ》が突きだした。

その前脚に半陽鬼《はんようき》が軽々と飛び乗り、ゴツゴツした身体《からだ》を上ってゆく。

青竜は怒り狂い、薫を振り落とそうとしている。

――下賤《げせん》な半陽鬼めが！　やめぬか！　踏みつぶしてくれるわ！

しかし、美貌《びぼう》の半陽鬼は揺れる青竜の首の後ろにまっすぐ立ち、すっと手をあげた。

その優美な身体の周囲に、再びダイヤモンドの銀河が現れた。

「卓也！」

「わかった！　チビ、やれ！」

藤丸がうなずき、薫にむかって懐剣《かいけん》を投げつけた。

金気《ごんき》の宿る懐剣は空中で砕け、無数の光の粒となった。

光の粒は、そのまま、薫のまわりのダイヤモンドの銀河と一つになり、半陽鬼の身体に吸いこまれてゆく。

卓也が息をつめて見守る前で、薫の白い手のなかに、ダイヤモンドの剣が出現する。

卓也は、その剣に金気が宿っているのをたしかに感じた。

――わらわは死なぬぞ！

公女の思念が響きわたったかと思うと、九字《くじ》の結界を鋭い鉤爪《かぎづめ》が引き裂いた。

その瞬間、竜の首の後ろで、薫のダイヤモンドの剣が閃《ひらめ》いた。

ズシュッ！

青竜の頭から首にかけて、真っ白な光の筋が走る。

ギシャアアアアアアアーッ！

怖《おそ》ろしい咆吼《ほうこう》をあげ、竜は床に転がった。

転がりながら、その身体《からだ》はどんどん縮み、もとの玉花公女《ぎょっかこうじょ》のそれに戻ってゆく。

薫は優美な仕草で、音もなく着地した。

＊　　＊

「卓也……！」

薫が、卓也の傍《かたわ》らに駆けよってくる。その手のなかには、もうダイヤモンドの剣はなかった。呪具《じゅぐ》は、役目を果たして消えたのだ。

卓也は懐剣《かいけん》を握ったまま、その場に座りこんでいる。もう、体力も気力も限界だ。

藤丸は卓也の側《そば》に立ち、心配そうに彼の顔を見あげている。

ゴゴゴゴゴゴゴゴゴゴッ！

あたりが激しく揺れはじめた。

天井の岩が、パラパラと欠けて落ちてくる。

薫が「しまった」と言いたげな表情になって、横たわる黒鉄のほうに視線を走らせた。

卓也と黒鉄の両方を運ぶのは、さすがの半陽鬼《はんようき》にとっても荷が重いようだ。

その時だった。

「卓也君！　薫君！」

声がして、純白の狩衣《かりぎぬ》姿の青年が駆けこんできた。

薫が素早く聖司《せいじ》を見、不審そうな目をした。

(なぜ、こんなに手間取った？)

結界はとうに消えている。卓也の居所を調べて、駆けつけてくるのが遅すぎはしないだろうか。

「叔父さん……」

卓也は聖司のほうを見、弱々しく立ちあがろうとした。

薫がその腕をつかみ、そっとささえた。

「遅くなって、すみませんでした。黒鉄王は無事ですか？」

「わかんねえ。生きてるとは思うけど」

卓也は、目で黒鉄のほうを示す。

聖司が素早く意識のない黒鉄に駆けより、その背の高い屈強な身体《からだ》を担《かつ》ぎあげた。

「大丈夫。まだ命の炎は消えていませんよ。急ぎましょう。この洞窟《どうくつ》はもうすぐ崩れますよ」

黒鉄を担いで二、三歩歩いてから、聖司はチラリと薫を振り返り、手伝ってほしそうな顔をした。思った以上に重かったらしい。

しかし、薫は知らん顔をしている。

（しょうがねえな）

卓也は、白い綿シャツの肩をすくめた。

「透子《とうこ》さんのためだぞ、薫」

「…………」

美貌《びぼう》の半陽鬼《はんようき》は嫌々ながらといった様子で、聖司と黒鉄のほうに近よった。

ずり落ちかける黒鉄の身体を軽々と引きずりあげ、聖司の狩衣《かりぎぬ》の肩にしっかり載せる。

そのまま、薫はもう聖司には目もくれず、卓也をかばいながら洞窟の外にむかう。二人の後ろから、紫の狩衣の裾《すそ》を翻《ひるがえ》して、藤丸がテテテッと走りだす。

「……ありがとう、薫君」

聖司はため息をつき、大荷物を背負って、地震のように揺れる洞窟のなかを歩きはじめた。

四人と一体が外に出た時、大涌谷《おおわくだに》の洞窟《どうくつ》は轟音《ごうおん》とともに崩壊した。

＊　＊

硫黄《いおう》の臭《にお》いのする風が吹きぬけてゆく。

鬼の王と退魔師たちは、大涌谷の外れにいた。

洞窟《どうくつ》を出てから意識をとりもどした黒鉄は、風のなかに立っている。まだ体力は万全ではないが、〈魂《たま》の輪《わ》〉が砕かれたおかげで、だいぶ回復したようだ。

（どうしよう……）

卓也は、〈藤波〉を握りしめたまま、全身を緊張させている。

黒鉄は、透子に会いに行こうとしている。しかし、七曜会《しちようかい》の退魔師として、鬼道界《きどうかい》の王に人間界で自由な行動をとらせるわけにはいかない。

（どうしてもって言うんなら、止めなきゃ。でも、勝てるか……？）

自信は、あんまりなかった。

卓也の傍《かたわ》らでは、薫もまた、黒鉄をながめている。

（俺には、止める権利があるのか？）

透子の命が危ないと知らされ、罠《わな》と知りつつ人間界までやってきた黒鉄の気持ちは痛いほどわかる。

透子が無事でいるということは伝えたが、それを自分の目で確認したいのが恋人というものだろう。

黒鉄が本気で、ここを突破していこうとしているならば、薫は止めねばならない。

兄としても、透子が再び七曜会にマークされる危険を見過ごすわけにはいかなかった。

それでも、半陽鬼《はんようき》はめずらしく迷っていた。

誰よりも愛《いと》しい少年を喰《く》うまいとして距離を置こうとしたくせに、またここに来てしまった自分に、そんな権利があるのだろうかと。

黒鉄と透子が愛しあっているということは、認めたくない。

けれども、なおも大阪にむかおうとしている鬼の王を見れば、認めざるをえなかった。

少なくとも、黒鉄は透子のことを本気で大切に思っている。

(透子……)

ここで阻止すれば、妹もがっかりするだろう。

(攻撃してくれれば、応戦するしかないが……)

薫と卓也の側《そば》では、聖司も油断なく黒鉄を見据えている。

「大阪へは、行かせるわけにはいきませんよ、黒鉄王」

「俺の邪魔をする気か？」

苛烈《かれつ》な瞳《ひとみ》が、聖司を見据える。

圧倒的な妖気《ようき》が吹きつけてくる。たとえ、本調子でないとしても、彼は鬼道界《きどうかい》を統《す》べる王なのだ。

「透子さんの安全は、我々と筒井《つつい》家が保障します。それでも、なお、ここを突破して行こうというのならば、我々は立場上、阻止しなければなりません。大事な透子さんのお兄さんと戦いたいですか？」

「…………」

黒鉄は、憮然《ぶぜん》とした表情になった。

（どうする……？）

卓也は息をつめ、黒鉄の動きを見守っていた。

長い沈黙がつづいた。

黒鉄が、じり……と一歩前に出る。卓也たちも全身を緊張させ、身構える。

ふいに、黒鉄が黄色い中国服の肩をすくめた。

「わかった。むこうに帰ろう」

思わぬ言葉に、卓也と薫は目と目を見交わした。二人とも、黒鉄が素直に言うことをきこうとは思わなかったのだ。

聖司も驚いたような、ホッとしたような表情になる。

「ありがとうございます、黒鉄王。ご無理を申し上げて、すみませんでした」

聖司の言葉に、黒鉄は応《こた》えなかった。

一度だけ西の方角の空を見、踵《きびす》をかえして歩きだそうとする。

「あの……黒鉄……」

卓也は、中国服の背中にむかって呼びかける。

鬼の王は肩ごしにチラと〈鬼使い〉の少年を振り返った。「なんだ？」と言いたげな目だ。

「本当にいいのか？　透子さんに会わなくて」

会わせるわけにはいかないと言ったくせに、やはり気になって、卓也は尋ねてしまう。

黒鉄はそんな卓也を責めることもせず、短く応える。

「今は会わん。無事ならいい」

それ以上、よけいなことは言わず、長身の美丈夫《びじょうふ》は歩き去ってゆく。

風になびく癖のある長髪と血みどろの中国服は、やはり人間界にはそぐわない。

(なんか……かっこいいじゃん、黒鉄)

心のなかで、卓也は思っている。

そうして、鬼の王が一度も自分の「甘い香り」に反応しなかったことを思い出す。

よほど自制心が強いのか。あるいは、卓也のことは眼中にないのか。

（あんな鬼もいるんだな）

悔しいけれど、透子にはお似合いかもしれない。

卓也は目をあげ、箱根《はこね》の空を振り仰いだ。

少年の右手首には、まだ血の滲《にじ》んだ包帯が巻かれている。白銀公子《しろがねこうし》に噛《か》みつかれた痕《あと》だ。

卓也の胸の奥に、白銀公子の声が甦《よみがえ》ってくる。

――本当に愛しているなら、喰《く》いたいはずだ。

（そうかな……。そうかもしれねえ。でも……我慢できるっていうのも愛情じゃねえのかな。オレ、黒鉄を見てたら、そう思った……）

できるなら、あの寂しい鬼の公子に教えてやりたかった。

喰う以外にも、愛情を示す方法はあるのだと。

彼は、きっと受け入れないだろうけれど。

卓也は傍《かたわ》らに立つ紫衣《しえ》の鬼を見、かすかに微笑《ほほえ》んだ。

薫もまた、恋人を見つめかえし、瞳《ひとみ》だけで笑ってみせる。

＊　　＊

黒鉄王は鬼道界《きどうかい》に帰り、玉花公女とその公子、白銀による謀反《むほん》は幕を閉じた。

崩れ落ちた大涌谷の洞窟《どうくつ》は七曜会によって厳重に封印され、鬼孔《きこう》の痕《あと》も破壊し尽くされた。


事件の翌朝のことだった。

「白銀公子は逝《い》きましたね」

芦《あし》ノ湖《こ》の湖面をながめながら、聖司が呟《つぶや》く。

傍《かたわ》らには、無表情な半陽鬼《はんようき》が立っている。

卓也は、まだ七曜会の保養施設で眠っている。

薫は聖司に呼びだされ、早朝、ここに来たのである。

(なんの用だ？)

不審そうな目をする半陽鬼にむかって、聖司は微笑《ほほえ》んだ。

「まだ、卓也君をあきらめるつもりはありませんか？」

「ない」

ボソリと、半陽鬼は答えた。

白く美しい横顔を、朝日が穏やかに照らしだしている。

「そうですか。でも、私は君と卓也君の関係を認めるつもりはありません」

聖司の白い狩衣《かりぎぬ》の袖《そで》が、まだ涼しい風にふわりと膨らむ。

「この先も卓也君の前に現れるようなら、私は君を全力で排除します」

それには答えず、美貌《びぼう》の半陽鬼《はんようき》は優美な仕草で踵《きびす》をかえした。少し癖のある艶《つや》やかな黒髪が、透きとおるような白い頬《ほお》の両側で揺れる。

立ち去ろうとする薫の背中を見、聖司はふっと笑った。

(卓也君は怒るでしょうね)

狩衣姿《かりぎぬすがた》の退魔師もまた、薫に背をむけた。

そんな聖司にむかって、ふと、薫が振り返らずに尋ねた。

「なぜ、白銀の行動を阻止しなかった?」

常に自分をマークし、邪魔をする聖司が、白銀公子が卓也を襲おうとするのを見過ごしたのは、あまりにも不自然だった。

(わざと襲わせたか。……だが、なんのために)

聖司は薫に背をむけたまま、穏やかに答える。

「私としたことが、卓也君を危険にさらしてしまって、反省していますよ。きっと、君に苛《いら》ついていたから、注意力散漫になってしまったんでしょうね」

美貌の半陽鬼は、わずかに目を細めた。

(卓也に思い知らせようとしたか)

鬼に実際に喰《く》われるということがどういうことか、渡辺《わたなべ》聖司は白銀公子を放置することによって、甥《おい》っ子《こ》に教えようとしたのだろうか。

鬼に喰われることは美しい夢のような出来事ではなく、惨《むご》たらしく、おぞましい現実なのだと。

いったい、どこからどこまでが聖司の計算で、どこからどこまでが計算外だったのだろう。

鬼道界《きどうかい》で、玉花公女の謀反《むほん》が起きたのは偶然だったのか。

ふと、一瞬、すべてが聖司の手のひらの上にあったような錯覚を起こし、薫は軽く頭をふった。

(そんなはずはない)

一陣の風が吹きぬけてゆく。

芦ノ湖の湖面に小波《さざなみ》が立った。

美貌《びぼう》の半陽鬼《はんようき》と黒髪の退魔師は、どちらからともなく歩きだし、左右に分かれてゆく。

＊　　＊

床の間に活《い》けられた芍薬《しゃやく》の花が、甘い香りを放っている。

事件から数日たった夏の午後、篠宮《しのみや》薫は大阪、天王寺《てんのうじ》にある七曜会関西支部長の自宅を訪れていた。

「あいつは、鬼道界《きどうかい》に帰った」

ボソリと薫が言う。

「そう……」

うつむきがちに呟《つぶや》いたのは、薄紅の着物を着た可憐《かれん》な美少女――透子だ。

今回の一件について、透子に報告した後だった。

青畳の匂《にお》いのする座敷には、兄と妹しかいない。

「あのかたは、お元気だった？」

優しい声で、透子が尋ねる。

「ああ」

言葉少なに、薫は答えた。

透子の言葉に、薫は妹をまじまじと見た。

「そう。それなら、いいの」

いつも、自分を殺しているような印象のある妹である。

しかし、この強さはなんだろう。

恋しい相手が人間界までやってきて、あともう少しで会えるというのに、会わずに帰ってしまったのだ。

次にいつ会えるかもわからない。

それなのに、透子は黒鉄を責めることもせず、阻止した兄たちを恨む言葉も口にはださない。

(なぜだ?)

そこまで、黒鉄を信じているのだろうか。

信じきれるのは、なぜだろう。

黒鉄も黒鉄だと、薫は思った。

自分が黒鉄の立場なら、さっさと恋人をさらって鬼道界《きどうかい》へ連れていくだろう。

(なぜ、そうしない?)

もちろん、黒鉄が透子をさらいに来たら、薫は全力で阻止するつもりだったし、そうしなくてすんで、少しホッとしていたのだが。

けれども、今、こうしてむかいあっていると、いじらしく耐えている妹がやはり不憫《ふびん》に感じられる。

黒鉄には、妹を渡したくない。しかし、透子が悲しむのはつらい。

半陽鬼《はんようき》はめずらしく、どうしていいのかわからずにいた。

＊　　＊

透子のいる座敷の襖《ふすま》を閉め、薫は廊下に出た。

少し歩いたところで、光を背にして立つほっそりした人影に気がつく。

陽《ひ》に透けて茶色く見える髪と明るいアーモンド形の目の〈鬼使い〉。

「話は終わったか？」

屈託のない声で、卓也が尋ねてくる。身につけているのは、白い綿シャツとジーンズだ。右手首には、まだ包帯が巻かれている。

「ああ」

ボソリと呟《つぶや》くと、薫は手をのばし、恋人の身体《からだ》を抱きしめた。

「え……？　薫……？」

戸惑う卓也の肌から、甘い香りが立ち上る。

美貌《びぼう》の半陽鬼《はんようき》は少し切なげな目になり、卓也の首筋に唇を押しあてた。

「なんだよ……。透子さんと三島《みしま》の婆《ばあ》ちゃんに見られるぞ」

口では抗《あらが》ったものの、卓也は微笑《ほほえ》み、恋人の頭を両腕で抱えこんだ。

いつか破滅の日が来るかもしれない。

薫に喰《く》われて果てる日が来るかもしれない。

それでも、と卓也は思った。

(鬼に恋して傷ついて死ぬとしても、恋しない人生より絶対にいい。一緒にいれば、きっとつらくなるだろう。でも……オレは最後まで薫の側《そば》にいてぇんだ)

人と鬼の恋は、かならず悲恋に終わる。

だからこそ、この世のいかなる恋よりも輝かしく、美しいのだ。

(卓也……)

恋人の肌に頰《ほお》をよせながら、薫は箱根での戦いの後で、渡辺聖司に言われた言葉を思い出していた。

――この先も卓也君の前に現れるようなら、私は君を全力で排除します。

(そう簡単に排除されるつもりはない)

だが、聖司と戦えば、卓也は悲しむだろう。つらい思いをさせてしまうかもしれない。

それでも、薫はこの手を離すつもりはなかった。

いつか、耐えられなくなるのかもしれない。

けれども、薫は忘れかけるたび、千度でも自分に言い聞かせようと決意していた。

自分が傷ついた時、卓也もまた傷つくのだと。

卓也が笑っていてくれるかぎり、自分もまた幸せになれる。

喰《く》わなくとも、幸福はここに、この手のなかにあるのだから。

「卓也……」

「ん……」

甘えるように応《こた》えた少年の耳に唇をよせ、薫はささやく。

「…………」

人間としての愛の言葉を。

どんな想《おも》いも生涯貫きとおせば、真実となる。

そう信じて、薫は恋人の背を強く抱きよせた。

「薫……」

卓也もまた、魔性《ましょう》の恋人の髪に指をからめ、その首に両腕をまわした。

どちらからともなく、唇が重なる。

身をよせあう二つの姿は、格子戸《こうしど》のガラスから射《さ》し込《こ》む逆光のなかで、一つに溶けあって見えた。

〈参考図書〉

『陰陽五行と日本の民俗』（吉野裕子・人文書院）
『鬼の研究』（馬場あき子・ちくま文庫）
『陰陽道の本』（学習研究社）
『現代こよみ読み解き事典』（岡田芳朗・阿久根末忠編著・柏書房）
『道教の本』（学習研究社）
『図説　憑物呪法全書』（豊嶋泰國・原書房）
『図説　日本呪術全書』（豊嶋泰國・原書房）
『図説　民俗探訪事典』（大島暁雄／佐藤良博ほか編・山川出版社）
『日本陰陽道史話』（村山修一・大阪書籍）
『風水　気の景観地理学』（渡邊欣雄・人文書院）

『鬼《き》の風水《ふうすい》』における用語の説明

これらの用語は、『鬼の風水』という作品世界のなかでだけ、通用するものです。表現の都合上、本来の意味とは違った解釈をしております。本来の意味について、くわしく知りたいかたは、巻末の参考図書の一覧をご覧ください。

鬼使《おにつか》い……鬼を使役神《しえきしん》として使う、人間の術者のこと。鬼を使役するには、人並みはずれて強い霊力が要求される。そのため、〈鬼使い〉の秘術は、筒井《つつい》家など一部の家系にしか伝わっていない。

鬼八卦《おにはっけ》……鬼にとっての風水《ふうすい》を占う占術。鬼の血を引く者にしか習得できない。

鬼羅盤《おにらばん》……鬼八卦専用の呪具《じゅぐ》。

鬼孔《きこう》……人間界における自然のエネルギーが集まっている場所。風水上のポイント。ただし、この風水は鬼の世界のものなので、人間の世界の風水とは少し違う。このポイントを攻撃されると、人間界は大きなダメージを受ける。また、鬼孔を利用して、人間界から鬼道界への通路を開くこともできる。

鬼道界《きどうかい》……鬼の世界。人間界と一部重なりあって、別の時空に存在する。人間界と鬼道界のあいだには〈障壁《しょうへき》〉と呼ばれる壁があり、相互の行き来を制限している。

七曜会《しちようかい》……日本における退魔関係者たちのトップに立つ団体。創設は、鎌倉《かまくら》時代末期。当時、散逸《さんいつ》しかけていた日本の退魔師たちの秘術を集約し、日本を鬼や邪悪な怨霊《おんりよう》から守ることを目的として創《つく》られた。以後、七百年近くにわたって、日本の退魔師たちを統《とう》括《かつ》してきた。現会長は、伊集院雪之介《いじゆういんゆきのすけ》。

退魔師《たいまし》……広い意味で、鬼や魔物を滅する術者のこと。

半陽鬼《はんようき》……鬼と人間のあいだに生まれた混血児のこと。『鬼の風水』の造語である。「鬼」は陰《いん》の気が極まったものなので、陰の要素しか持っていない。これに半分、人間の血が混じると、半分が陰、半分が陽《よう》となる。そこで、半分だけ陽の気を持つ存在＝半陽鬼と考えた。

あとがき

はじめまして。そして、前作から読んでくださっているみなさまには、こんにちは。お待たせしました。『鬼《き》の風水《ふうすい》　外伝』第一巻『薫風―KUNPU―』をお届けします。

この作品は、以前書いた『鬼の風水』シリーズ全八巻の外伝です。「一件落着した恋人たちのその後」の物語になります。

『鬼の風水』本編の終了から、もうずいぶん長い時間が経《た》ちました。それでも、いまだに「一番好きなのは『鬼の風水』です」というお手紙やメールをいただきます。

今は、ずっと変わらずに応援してくださったかたがたに、これで何かご恩返しができたかな……という気持ちと、ご期待を裏切っていなければいいけれど……という不安が交錯しています。楽しんでいただけたら、うれしいです。

なお、この作品は外伝ではありますが、各キャラクターの関係や過去の出来事も簡単に説明してありますので、初めてのかたがご覧になっても大丈夫です。

外伝は、今のところ全二巻。それぞれ一話完結形式を予定しています。

この物語の舞台は、東京と箱根《はこね》です。季節は七月。

主人公で十九歳の少年、筒井卓也《つついたくや》のもとに日本全国の退魔師《たいまし》を統括《とうかつ》する組織、七曜会《しちようかい》から新たな指令が届く……！

その指令とは、陰謀によって人間界に誘いだされ、命を狙《ねら》われている鬼道界《きどうかい》の王、黒鉄《くろがね》を捜し出し、無事に鬼道界へ帰すこと。

叔父の退魔師、渡辺聖司《わたなべせいじ》と、鬼道界から派遣されてきた鬼の使者、多々羅《たたら》とともに卓也は箱根へむかう……！

その頃、卓也の恋人で、鬼と人のあいだに生まれた美貌《びぼう》の半陽鬼《はんようき》、篠宮薫《しのみやかおる》も同じ任務を受け、動きだす。

箱根で再会した卓也と薫。しかし、二人のあいだには隙間風《すきまかぜ》が吹いている。

——おまえが考えてることなんか、オレにはわかんねえ。言わなきゃ伝わるわけねぇんだよ。一人だけでわかって、一人で納得して、オレの気持ちは置き去りか……⁉

薫の気持ちが見えない卓也。

そんな彼に襲いかかってくる謎《なぞ》の術者たち。事件の背後で蠢《うごめ》く鬼の気配。流される血潮。

——愛したものが、これほど甘い香りを放っているのに、なぜ喰《く》わずにいられる？　それは、喰いたいほど愛していないからだ。

残酷に笑う白衣《びゃくえ》の鬼。

——変なこと言うな！　薫はオレのこと、喰《く》いたいと思ってる！

卓也の頬《ほお》を伝う涙。闇《やみ》のなかを吹きぬける紅蓮《ぐれん》の炎《ほのお》。古い鬼孔跡《きこうあと》で、鬼道界《きどうかい》への扉が開きはじめる。

——俺のものに手を出すな。

……というようなお話です。


主人公、筒井卓也のこと。

明るくて、健やかで、まわりから愛される向日葵《ひまわり》のような少年（もうちょっとで青年）です。

六人の姉たちにいじめられつつ、可愛《かわい》がられて育ちました。

前のシリーズでは高校生でしたが、外伝では神道《しんとう》系の大学の一年生になっています。高校では応援団に所属していましたが、大学ではサークル活動はやっていないようです。

鬼を使役《しえき》する退魔師、〈鬼使《おにつか》い〉一族の統領の息子だというのは、まわりにナイショにしているので、「つきあいの悪い奴」と思われている可能性があります。でも、女の子にはモテるんだろうなあ。

当人には自覚はありませんが、身体《からだ》から鬼を魅了《みりょう》する甘い香りをさせているので、鬼に好かれて、えらいことになったりしています。

というのも、鬼の最上級の愛情表現は、愛《いと》しい相手を喰《く》ってしまうことだからです。

大学でも、教授や学生に化けた鬼にセクハラ……もとい襲われて、齧《かじ》られかけたりしているかもしれません。


篠宮薫のこと。

卓也が向日葵《ひまわり》なら、こちらは真夜中の藤《ふじ》の花。十代の若さで、すでに超一流の退魔師として知られています。

絶世の美貌《びぼう》の持ち主で、卓也に出会うまでは男女年齢を問わず、派手に遊んでいました。なぜか、藤の花の香りをさせています。

卓也より一歳下ですが、言動が大人びているせいか、年下には見えません。

妻であった鬼に去られたため、鬼を憎みつづけた退魔師の父に育てられたせいか、無口で感情表現が下手です。

綺麗《きれい》なだけの野生の獣のようだった薫ですが、卓也と愛しあうようになってから、少し人間らしくなったようです。

でも、半分鬼の血を引く薫も、卓也を喰いたいという気持ちからは逃れられず、いろいろと大変です。

ちなみに、薫のモデルは昔、我が家に来ていた通い猫です。うちのＨＰ「猫の風水」に写真あります。見てね。アドレスはこちら。
http://www003.upp.so-net.ne.jp/jewel_7/index.html

時代のこと。

一番最初に『鬼の風水』第一巻『薫―ＫＡＯＲＵ―』を書いた時とくらべると、世の中もずいぶん変わりました。

当時、設定した時には違和感がなかったものが、今になると、かなり変です。

特に服装と髪型。

鬼の王、黒鉄のルックスが現代の街に置いてみると、これほどイタくなるとは（泣）。真っ黒な癖毛《くせげ》のロン毛で色黒でスーツって……あなた（泣）。最終的には中国服にしましたが、一時は、いっそレゲエにしようかと思いました。

いや、一番問題があるのは、もちろん、篠宮薫の紫のスーツとルビーの指輪なわけですが。当時は「ホスト？」などと言われてましたが、今や、ホストさえ、そんな格好しないっす。

でも、薫の紫のスーツはトレードマークなので、そのまま残しました。今さら紫のユニクロのフリースも着せられないし。

前作『七星《しちせい》の陰陽師《おんみょうじ》』シリーズ最終巻『邂逅《かいこう》』のこと。

一番多かったご感想は、「七瀬藤也《ななせとうや》（主人公）の小さな頃の命の恩人が○○でびっくり」でした。ネタバレになるので伏せ字ね。

なぜか、命の恩人は○○の相棒のほうだと思いこんでいたかたが大多数。

私は最初からバレバレかと思っていましたが、そうでもなかったみたいです。

二番目に多かったのは、「藤也と相棒の犬神嵐《いぬがみらん》がラブラブになってよかった」でした。

それから、『鬼の風水』の外伝発売決定で大喜びしました」かな。

鬼の歯科医、黒曜《こくよう》と七曜会会長の美少年、香具也《かぐや》にも「進展おめでとう」のメールをいただきました。

『七星の陰陽師』は、『鬼の風水』と同じ世界の○年後を舞台にしていますので、もし、まだ読んでらっしゃらないかたがいらしたら、ぜひ、そちらもお手にとってみてくださいね。


次回予告のこと。

『鬼の風水』外伝第二巻は、秋のお話です。舞台は、佐渡島《さどがしま》。

〈鬼使い〉としての仕事の途中、突発事故で行方不明になる卓也の父、筒井野武彦《のぶひこ》。

父を助けるため、薫と一緒に鬼の結界に入りこむ卓也。

――父さんを助けだしたら、薫との仲を認めてもらえるかも……。

しかし、結界のなかに待ち受けていたのは思いもかけない罠《わな》。

恋人をとるか、父をとるか、卓也は究極の選択を迫られる……！

――そんなの、選べねえ。だから、オレ……。

――卓也！

……というようなお話です。サブタイトルは……思いつきません。

『食卓―SHOKUTAKU―』なんか、卓也の「卓」も入ってて素敵だと思うんですが、担当さんに一発で却下されそうです。困ったなあ。

そんなわけで、名案募集中。


最後になりましたが、素敵なイラストを描《か》いてくださった穂波《ほなみ》ゆきね先生、本当にありがとうございました。次の巻もどうぞよろしくお願いいたします。

また、お名前は出しませんが、ご助力ご助言くださいましたみなさまに、この場を借りてお礼申し上げます。

そして、この本をお手にとってくださった、あなたに。

ありがとうございます。楽しんでいただけたら、うれしいです。

それでは、「鬼の風水」外伝第二巻でまたお会いしましょう。

岡野麻里安《おかのまりあ》

岡野麻里安《おかのまりあ》先生の「鬼《き》の風水《ふうすい》 外伝」『薫風―KUNPŪ―』、いかがでしたか？

岡野麻里安先生、イラストの穂波《ほなみ》ゆきね先生への、みなさんのお便りをお待ちしております。

岡野麻里安先生へのファンレターのあて先

〒112-8001 東京都文京区音羽2-12-21 講談社 X文庫「岡野麻里安先生」係

穂波ゆきね先生へのファンレターのあて先

〒112-8001 東京都文京区音羽2-12-21 講談社 X文庫「穂波ゆきね先生」係

N.D.C.913　318p　15cm

岡野麻里安（おかの・まりあ）
10月13日生まれ。天秤座のA型。仕事中のBGMはB'zが中心。紅茶と映画が好き。流行に踊らされやすいので、世間で流行っているものには、たいてい私もはまっている。著書に『蘭の契り』(全3巻)、『蘭の契り　青嵐編』(全4巻)、『桜を手折るもの』(全4巻)、『七星の陰陽師』に続く『七星の陰陽師　人狼編』(全4巻) がある。本書は『鬼の風水』外伝第1弾。第2弾『比翼―HIYOKU―』も好評発売中。

講談社X文庫

white heart

薫風《くんぷう》―KUNPŪ―　鬼《き》の風水《ふうすい》 外伝《がいでん》

岡野麻里安《おかのまりあ》

●

2004年6月5日　第1刷発行
2004年9月27日　第2刷発行
定価はカバーに表示してあります。

発行者――野間佐和子
発行所――株式会社 講談社
東京都文京区音羽2-12-21 〒112-8001
電話 編集部 03-5395-3507
販売部 03-5395-5817
業務部 03-5395-3615
本文印刷―豊国印刷株式会社
製本―――有限会社中澤製本所
カバー印刷―半七写真印刷工業株式会社
デザイン―山口　馨

ISBN4-06-255738-X